2-49
EB
=
24

FOLIOTHÈQUE

Collection dirigée par
Bruno Vercier
Maître de conférences
à l'Université de
la Sorbonne Nouvelle – Paris III

André Gide

La symphonie pastorale

par Marc Dambre

Marc Dambre

présente

La symphonie

pastorale

d'André Gide

Gallimard

Marc Dambre est maître de conférences à l'Université de la Sorbonne Nouvelle – Paris III. Il s'intéresse à la littérature du XXe siècle, de Gide et Morand aux écrivains d'aujourd'hui. Fondateur des *Cahiers Roger Nimier* en 1980, il a en particulier publié *Roger Nimier hussard du demi-siècle* (Flammarion, 1989).

Le dossier iconographique a été réalisé par Nicole Bonnetain.

INTRODUCTION

1. *Pastoralis sym-phonia,* traduction latine de Gene-viève Metais, *Vita latina* (Avignon), n° 37 (mai 1969), n° 38 (octobre 1969) et n° 39 (fé-vrier 1970), p. 37-52, 53-73 et 39-58. Voir *EC,* p. 234.

Soixante-quinze ans après sa publication, *La Symphonie pastorale* continue d'être découverte de par le monde, dans le texte ou en traduction et même en latin [1]. Pourquoi, sinon parce que cette histoire dramatique d'un pasteur protestant qui s'éprend de son élève, jeune handicapée aveugle, tend un miroir savant et simple ? Cette universalité ne va pas sans équivoque. Le lecteur bénévole trouve ce qu'il cherche. Le critique, lui, se défie d'une œuvre mince qu'il est tenté de juger mineure, si bien que, longtemps, le plus lu des livres d'André Gide ne fut pas le plus commenté, loin s'en faut. Mais l'édition remarquable de Claude Martin, en 1970, a constitué une étape décisive. Plusieurs études, celles en particulier d'Alain Goulet et de Martine Maisani-Léonard, ont montré la modernité d'un texte qui s'intercale entre *Les Caves du Vatican* et *Les Faux-Monnayeurs.* La transparence de *La Symphonie pastorale* peut encore tromper. Cette « tromperie » n'appartient pas seulement au sujet ; elle est une ruse de l'art. Gide lui-même dit assez bien ce qu'il faut penser des chefs-d'œuvre d'accès apparemment facile : « La très grande clarté, comme il advient souvent pour nos plus belles œuvres françaises, de Rameau, de Molière ou de Poussin, est, pour défendre une œuvre, la plus spécieuse ceinture ; on en vient à douter qu'il y ait là quelque secret. Mais on revient dix ans après et l'on entre plus avant encore » (*J*, p. 660). De *La Symphonie pastorale* – récit étrangement bien construit et d'une écriture où triomphe le génie de l'ambiguïté – retiendra-t-on la trouble humanité ou la sournoise perversité ? On n'en a jamais fini avec ce journal pavé de bonnes intentions.

Le triste héros du livre paraît on ne peut plus éloigné de l'auteur qui lui donne existence par les mots en 1918. Mais André Gide ne s'engage pas moins par la création de *La Symphonie pastorale* que par celle des autres fictions. On le comprendra en explorant les chemins longs et surprenants qui conduisent à la rédaction, elle-même intimement liée à l'expérience du jour. Il semblera dès lors inacceptable de suivre ceux qui, de bonne foi, considèrent l'histoire du Pasteur et de Gertrude comme une aventure émouvante ou un intéressant fait divers tragique. Seul le secret de l'art permet à ce récit bref et « facile » de ne pas être écrasé par la comparaison avec le roman des *Faux-Monnayeurs*. Et sans doute est-ce la perfection limpide et complexe qui fit préférer à James Joyce la miniature. L'Irlandais se décrit arrivant à Paris avec *La Symphonie pastorale* « en poche (littéralement) » ; « [...] et à cette époque-là je me promenais de long en large par les rues de la ville, m'asseyant sur un banc de temps à autre et tirant le volume de ma poche pour en relire un passage ou pour me rafraîchir la mémoire [1] ».

1. *EC*, p. cxxi. La lettre citée de Joyce à Gide est datée du 20 février 1937. Maurice Blanchot met le récit parmi les livres parfaits de Gide, ce qu'il ne faisait pas pour *Les Caves du Vatican* ni pour *Les Faux-Monnayeurs* (*La Part du feu*, Gallimard, 1949, p. 216-217).

I

LE TEXTE
DANS SON HISTOIRE

TERME D'UNE INFÉCONDITÉ

Composée assez rapidement en 1918, *La
Symphonie pastorale* paraît l'année suivante. André Gide n'a terminé ni publié
rien d'important depuis *Les Caves du
Vatican* (1914). Il sort d'une longue série
de tâtonnements. Mais en sort-il vraiment ? Car chacun, y compris l'auteur,
attendait un ouvrage bien plus ambitieux.

Pour en juger, il faut d'abord essayer
de se représenter qui est Gide au cours
de cette période de guerre ; comme ses
autres œuvres, *La Symphonie* se relie
étroitement au devenir de l'existence et
de l'écriture. Puis, on observera la longue
gestation du texte même, afin de mieux
comprendre sa naissance, plutôt paradoxale, en 1918.

I. GIDE CES ANNÉES-LÀ...

À DISTANCE DE LA MÊLÉE

Âgé de quarante-cinq ans au moment de
la déclaration de guerre, l'auteur des
Caves du Vatican n'est pas mobilisable.
Mais, en partie sur l'exemple de son ami
Ghéon qui se propose comme médecin
à la Croix-Rouge, André Gide cherche
un « engagement » (*J*, p. 454). Il le
trouvera dans une organisation de secours
aux réfugiés, le Foyer Franco-belge, où

travailleront aussi une amie, Mme Théo Van Rysselberghe, le jeune philosophe Gabriel Marcel et le critique Charles Du Bos. Pendant les quinze mois de sa participation, Gide ne se prête pas à cette activité en artiste amateur d'expérience : il se donne à une mission humanitaire, à maints égards éprouvante. Tel jour, par exemple, il reçoit la lettre d'adieu que l'un des protégés du Foyer lui adresse avant de se suicider (*J*, p. 519). Souvent, il affronte des misères concrètes qui le laissent démuni, déprimé. Et l'œuvre charitable tourne bientôt à l'administration, parfois policière. Comme il s'avère que les vrais drames se cachent, il faut démasquer les indélicats qui tirent parti de la confusion de la guerre pour solliciter plusieurs organisations à la fois... Ce malaise va de pair avec celui qu'entraîne le sentiment d'un changement de civilisation. Sur le plan littéraire, André Gide se refuse à composer des fictions, selon lui hors de saison.

En février 1916, il se détache du Foyer Franco-belge, mais ne se détourne pas pour autant de l'actualité. Attentif aux positions de l'organe nationaliste *L'Action française*, il finit par écrire à Charles Maurras, dont il juge les articles très bons (*J*, p. 612, 640). Il est tenté de voir de ce côté-là la seule résistance à la révolution socialiste – en octobre 1917 la Russie a donné l'exemple (*J*, 3 mars 1918, p. 648) –, avant de condamner sans équivoque l'optique du « nationalisme intégral ».

Il demeure fidèle à l'éthique qui le tient à distance de la création quand la violence fait rage dans le monde. Il termine cependant *La Symphonie pastorale* au cours des derniers mois de la guerre. Mais le livre illustre bien une position constante de liberté, telle qu'elle sera formulée lors de l'attribution du Prix Nobel en 1947 : « Si vraiment j'ai représenté quelque chose, je crois que c'est l'esprit de libre examen, d'indépendance et même d'insubordination, de protestation contre ce que le cœur et la raison se refusent à approuver. Je crois fermement que cet esprit est à l'origine de notre culture [1] ». À l'issue de la Première Guerre mondiale, Gide s'est acheminé vers le nouvel équilibre qui fera de lui, au sein de la culture des années vingt, un homme plus libre et un maître. Lui dont le souci majeur fut toujours de *manifester*, il réfléchit de 1916 à 1918 à des questions fondamentales qui s'épanouiront en des textes publiés après la guerre : le livre autobiographique où il va jusqu'à l'aveu (*Si le grain ne meurt*, 1920), les dialogues sur l'homosexualité remis en chantier (*Corydon*, 1920), le « Carnet vert » où il frôle la conversion religieuse (*Numquid et tu... ?*, 1922).

1. « Reconnaissance », *Le Figaro*, 21 novembre 1947.

LA CRISE RELIGIEUSE DE 1916

Les Caves du Vatican présentaient une fausse apparence d'anticléricalisme. Au demeurant, Gide restait résolument à l'écart d'une orthodoxie et d'une pratique chrétiennes, malgré les convertis Claudel et Jammes, ses correspondants. Mais ce qui paraissait éteint depuis la jeunesse allait se rallumer pendant la guerre, voire en liaison avec elle – si l'on en croit l'auteur, d'accord pour considérer les

« J'ai projeté d'écrire ici tout ce qui concerne la formation et le développement de cette âme pieuse, qu'il me semble que je n'ai fait sortir de la nuit que pour l'adoration et l'amour. »

J.E. Millais : *La Jeune Aveugle*,

conversions d'alors « comme des arrière-produits de la guerre (y compris mon *Numquid et tu...*) » (*J*, p. 1284). Certes, le trouble de la civilisation, l'insécurité, les misères, toute cette expérience créait les conditions d'un état de faiblesse, que des circonstances privées accrurent. L'an 1916 n'en fut pas moins le théâtre d'une recherche aiguë, sincère, décisive.

Le 17 janvier, Gide réagit sarcastiquement à la lettre où son ami Ghéon lui annonce un retour complet à la foi ; mais le lendemain, lui répondant, il relit l'Évangile avec angoisse et se voit « en proie à la flamme des plus abominables désirs » (*J*, p. 528). Dès lors apparaît le problème essentiel auquel il ne cessera d'achopper : le problème du mal et, singulièrement, du péché lié à la sexualité. Lorsqu'il ouvre en février le Carnet vert qui deviendra le *Numquid et tu... ?*, c'est pour chercher « l'émancipation dans l'amour » et rêver « un état d'innocence précédant la loi », un « état de seconde innocence » (*J*, p. 589). Il a beau vouloir restaurer en lui l'idée du péché, l'esprit et la chair résistent, les rechutes se font nombreuses. Il a repris la lecture et la méditation quotidiennes de la Bible ; en avril, il se remet à prier. Mais la vie va interférer brutalement avec le combat spirituel et moral, quand Madeleine Gide, avant son mari, ouvre une lettre de Ghéon : l'ancien débauché, maintenant prosélyte indélicat, y représente les escapades communes d'un passé peccamineux. Il en résulte une crise privée très grave qui interrompt le cheminement de Gide. Le 15 juin, il arrache une vingtaine de pages du *Journal* : « ... on eût dit les pages d'un fou » (*J*, p. 556). Et il l'abandonne jusqu'à la mi-septembre. Rien dans le Carnet vert pendant les trois mois de l'été, terne et malheureux. Il travaille aux Mémoires qui s'intituleront *Si le grain ne meurt*, comme pour se raccrocher au lointain passé. Pendant l'automne, il continue à s'efforcer de redresser sa conduite et de retrouver la foi. Mais le Carnet vert s'arrête le 7 novembre. Et l'année s'achève sur la désillusion : « Oh ! ne pouvoir liquider tout ce passé, ce dernier jour de l'an de disgrâce 1916... » (*J*, p. 586). D'où vient l'échec ? Sans doute de l'honnêteté.

Jamais Gide n'avait considéré avec une telle acuité le péché qui fait de lui, mari platonique, un être tenaillé par les désirs et les plaisirs inavoués. Il aspire chrétiennement à une régénération, mais son drame est qu'il échappe au christianisme en cherchant à nier le péché plutôt que de reconnaître son propre péché. Là est l'enjeu de son exégèse des Écritures qui tend à concilier l'Évangile et saint Paul. Il prétend éliminer la Loi en se fondant sur un état d'innocence antérieur, adamique, et en recherchant une innocence seconde [1]. De même, le narrateur de *La Symphonie pastorale* va s'autoriser à ne pas parler de péché à la jeune aveugle qu'il éduque.

L'impossibilité de la conversion découlait d'une fondamentale « insubordination [2] ». On la trouvait exprimée en 1910, précisément à propos de *L'Aveugle* en projet. Gide refuse alors les mots « orthodoxie protestante », dépourvus de sens

1. Voir Dossier, p. 145-147.

2. Voir le texte de 1947 cité p. 15.

pour lui ; et s'il entrevoit avec faveur mais au conditionnel l'acceptation de l'Église catholique comme autorité, il ajoute aussitôt : « Mais mon christianisme ne relève que du Christ. Entre lui et moi, je tiens Calvin ou saint Paul pour deux écrans également néfastes » (*J*, p. 300). En somme, la crise de 1916 a laissé de nouveau émerger le projet ancien du *Christianisme contre le Christ*, où le Christ, figure humaine opposée aux pharisiens et aux conformistes, enseignait la joie et la vie bienheureuse [1]. En juin 1917, Gide remplit quelques lignes de son Carnet vert pour désavouer l'expérience récente et l'imputer à la « peur », à la « faiblesse » et à la « lâcheté » : « Que ne suis-je demeuré entier et toujours obstiné dans ma ligne ! » (*J*, p. 603). Il n'y avait pas eu de conversion mais une déviation, momentanée. Ce sera la dernière.

UNE MATURITÉ AMOUREUSE

Gide avait en vain essayé de suivre le conseil de l'un des grands convertis, avec lequel il était d'ailleurs en froid maintenant, Paul Claudel : « La seule sagesse en cette matière est de céder à l'attrait divin, *aveuglément* et tête baissée, comme on répond à l'appel des sens [2]. » Or il se trouve que les sens, pour une bonne part, engendrent la tonalité apaisée du *Journal* de l'année 1917. Du 5 mai au 19, on y passe sans transition de « Merveilleuse plénitude de joie » à « je me retiens de parler de l'unique préoccupation de mon esprit et de ma chair... » (*J*, p. 626). Le secret de ce bonheur réside dans la

1. Catharine H. Savage, *André Gide,* chap. « Le Christ contre le christianisme ».

2. *Correspondance 1899-1926* (P. Claudel-A. Gide), Gallimard, 1948, p. 208.

lumière de l'amour partagé qui l'unit à
Marc Allégret, tout jeune fils d'une
famille protestante amie – le futur réalisa-
teur de films comme *Fanny* et *Entrée des
artistes* est né en 1900. André Gide
s'intéressait de près à l'éducation de cet
adolescent, fils de pasteur. Et voici que,
pour la première fois de sa vie, il aime
sans « dissocier le plaisir de l'amour »
(*SGNM*, p. 287). Aussi semble-t-il résoudre le triple drame de sa vie, déchirée
entre l'éducation puritaine de sa mère,
l'amour platonique de sa femme Madeleine et, enfin, l'homosexualité. Il se sent
métamorphosé, tel qu'il se décrit en août
1917 sous le nom de Fabrice, lors d'un
voyage en Suisse avec « Michel » (Marc) :
« Il jouit de cette rare faculté de repartir
à neuf à chaque tournant de sa vie et de
rester fidèle à soi en ne ressemblant jamais
à rien moins qu'à soi-même » (*J*, p. 628).
Depuis le 5 mai « étourdissement de
bonheur » (*J*, p. 634), notera-t-il le
22 octobre. Cette joie s'inscrit en rupture
avec le passé ; elle harmonise les jours
présents avec la quête de l'innocence.

Pour une part, le bonheur de la relation
provient de l'aspect didactique, socrati-
que : faire naître autrui à la vérité et à
soi. L'écart de génération et d'expérience
entre en jeu. « Michel était à l'âge où l'on
ignore encore presque tout de soi-même »
(*J*, p. 629). L'aîné s'éprend du cadet en
même temps qu'il le forme, tel Pygmalion, auquel Gide s'identifiera plus tard
(*NRF*, p. 263), tombant amoureux de la
statue qu'il a sculptée. Marc est à l'âge
de l'éveil, matière non encore taillée. Gide
voudra le libérer des barrières imposées

par l'éducation protestante. Elles lui sont connues depuis toujours et, à travers elles, Gide peut reconnaître les images de sa propre enfance. « Éducation, c'est délivrance. C'est là ce que je voudrais apprendre à M. » (*J*, p. 636). Par cette relation non dépourvue de narcissisme, Gide est lui-même appelé à se délivrer. Il continue de porter deux visages : celui de mari attentif, celui de l'homme aux plaisirs inavoués. Il cache à Madeleine ce qu'elle n'ignore plus guère depuis la crise de juin 1916, par le zèle indiscret d'Henri Ghéon. Désormais, la situation mensongère ne peut s'éterniser : « Que me sert de reprendre ce journal si je n'ose y être sincère et si j'y dissimule la secrète occupation de mon cœur » (*J*, p. 631). De surcroît et pour la première fois, Gide a le sentiment de trahir l'angélisme qui, tout en séparant la tendresse et la sexualité, fondait entre mari et femme un code d'honneur singulier. Ainsi, sur le plan d'un amour profond qu'il vit depuis plus de trente ans, le point de rupture est proche. Il va être atteint en 1918 : le 18 juin, Gide part rejoindre Marc Allégret pour un voyage en Angleterre qui dure quatre mois ; au retour, il s'apercevra, effondré, que Madeleine a déchiré toutes les lettres qu'il lui avait adressées depuis des dizaines d'années.

Il faut voir aussi un autre signe de maturation morale dans le désir d'enfant exprimé par Gide à la fille de son amie Mme Théo Van Rysselberghe, Élisabeth. Alors qu'il s'intéressait vivement depuis 1915 à la formation intellectuelle de cette jeune fille de vingt-cinq ans, il lui adresse

sur un billet ce texte, en décembre 1916 :
« Je n'aimerai jamais d'amour qu'une
seule femme, et je ne puis avoir de vrais
désirs que pour les jeunes garçons. Mais
je me résigne mal à te voir sans enfant
et à n'en avoir pas moi-même [1]. » Ce désir
neuf de paternité – qui se réalisera en 1923
– manifeste une recherche de vérité et de
maîtrise dont témoignent aussi les relations avec Marc Allégret. Gide, malgré
qu'il en ait, ne prétend pas régner sur lui :
« Il ["*Fabrice*"] eût voulu suffire, tentait
de se persuader qu'il aurait pu suffire ; il
se désolait à penser qu'il ne suffirait pas »
(*J*, p. 629). Il sait inévitables les décep-
tions ; il souffre d'ailleurs des atteintes de
la jalousie. Mais il se garde de céder à
l'aveuglement de la passion. Il ne s'illu-
sionne pas sur lui-même et sur ce qu'il
peut représenter : « Je ne m'y méprends
pas : Michel m'aime non tant pour ce que
je suis que pour ce que je lui permets
d'être. Pourquoi demander mieux ? »
(*J*, p. 634). Gide l'immoraliste s'invente un
ordre qui se rapproche du bonheur. Et il
s'efforce d'éliminer de sa vie le mensonge.

LA CINQUANTAINE
ET LA "SYMPATHIE"

En février 1918, lorsqu'il va mettre à
exécution un vieux projet en commençant
La Jeune Aveugle, l'écrivain ne manque
pas de raison pour s'inquiéter, comme il
le faisait en juin 1914 : « Par moments,
lorsque je songe à l'importance de ce que
j'ai à dire, à mon *Christianisme contre le
Christ*, à *Corydon* et même à mon livre
sur Chopin, à mon roman, ou simplement

1. *Cahiers André Gide*, 4, « Les Ca-hiers de la Petite Dame », I, 1919-1929, p. 150 (30-IX-1922).

à mon petit *Traité des Dioscures* – je me dis que je suis fou de tarder et de temporiser ainsi. Je mourrais à présent que je ne laisserais de moi qu'une figure borgne, ou sans yeux » (*J*, p. 420). La guerre ne lui a permis de mener à terme aucun de ces livres. Non qu'il n'ait pas travaillé, il a même peiné sur un autre projet, ses Mémoires ; mais le souci de l'inaccomplissement l'occupe et il songe à l'éventualité de sa mort. Au début de 1917, il lui semble que « *tout* encore reste à dire » (*J*, p. 615). Il regrette de ne pas bien s'employer. S'il est vrai qu'il peste contre une traduction [1] qui lui prend plus de temps que prévu (« Voici qui me vieillit de quinze jours », *J*, p. 610), il reconnaît cinq jours plus tard que ce travail l'amuse... Sa manie de « toujours différer le meilleur [2] » pourrait lui être fatale. Il serait temps d'en arriver au Livre, à ce *Faux-Monnayeur* annoncé dès 1914, au « roman ». Le petit livre de 1918 se met en travers du chemin, et il faut attendre sept ans pour *Les Faux-Monnayeurs*. Les alentours de la cinquantaine ne sont heureusement pas désastreux pour les romanciers, témoin Stendhal, que d'ailleurs Gide pratique.

Il s'étonne en 1917 de cette donnée irrécusable : bientôt cinquante ans ! (*J*, p. 625). Peu après, ébloui de bonheur, « Fabrice » se sent à quarante-huit ans « plus jeune qu'il était à 20 » (*J*, p. 628). Cette jeunesse signifie liberté, – à l'écart des positions acquises et des supériorités de l'âge. André Gide ne prétend pas détenir des vérités définitives ; il ne capitalise pas les idées ni ne décrète.

1. Gide traduit entre autres auteurs Joseph Conrad.

2. Voir Dossier, p. 161-162.

Certains contemporains s'agacent de cette souveraineté légère et la raillent, elle a de quoi les rendre jaloux. Ils lui reprochent de « courir éternellement après [sa] jeunesse » et il répond : « Ils ne peuvent pas comprendre le rajeunissement qui s'opère par la sympathie. Ils sont incapables de sympathie. Je ne suis pas un homme de cinquante ans qui fait le jeune, mais la jeunesse des autres passe en moi » (*NRF*, p. 7). Quinquagénaire ou presque, il reste l'homme des sources et du jaillissement, amoureux des commencements et des progrès... Sa *sympathie* le mettait dans les bonnes conditions pour représenter un homme mûr qui séduit une jeune conscience, restée à l'état brut. Car *La Symphonie pastorale* est aussi l'histoire d'une source qui se libère, eau vive d'une adolescence d'abord captive.

II. RÉGRESSION ET NOUVEAUTÉ

LA SURPRENANTE RENTRÉE DE 1919

À l'automne 1919, lorsque le public de *La Nouvelle Revue française* découvre en deux livraisons le récit, André Gide n'a pas encore reçu les violentes attaques qui fonderont sa notoriété ; et c'est seulement en 1924 qu'une formule destinée à durer le désigne comme « contemporain capital ». Mais Gide, écrivain reconnu, n'a presque rien publié depuis cinq ans ; l'ouvrage est donc attendu avec une extrême curiosité. En principe, il s'agit d'un retour... Il s'avérera déconcertant.

Était-ce bien l'auteur des *Caves du Vatican* qui revenait ? Les plus surpris se trouvaient du côté du mouvement Dada. Pour les principaux membres de cette avant-garde, l'inventeur de Lafcadio et de l'acte gratuit prenait jusqu'alors figure de porte-drapeau ; il allait se convertir à l'art nouveau. De fait, il fréquentait avec plaisir ces jeunes écrivains et leur donnait des textes, dont les « Fragments » des *Nouvelles Nourritures*, pour le premier numéro de *Littérature* (mars 1919). N'était-il pas un peu des leurs ?... *La Symphonie pastorale* fut perçue comme un reniement : à la fois régression par rapport aux *Caves* et retour à des récits comme *Isabelle* et *La Porte étroite*. En 1920 encore, Gide et Rivière expriment de la sympathie pour Dada dans la *N.R.F.* ; André Breton y plaide aussi. Mais la rupture ne tardera pas.

Après la catastrophe de la guerre mondiale, *La Symphonie pastorale* ne pouvait qu'apporter une déception générale. Sur le seul plan littéraire, la forme même contredisait l'évolution annoncée en tête des *Caves du Vatican*. Gide y déclarait n'avoir écrit pour l'instant aucun véritable roman ; et il précisait : « Récits, soties... il m'apparaît que je n'écrivis jusqu'aujourd'hui que des livres *ironiques* (ou critiques, si vous le préférez), dont sans doute voici le dernier » (*Romans*, p. 679). Le lecteur de 1919 était en droit d'attendre un texte qui fût à la fois roman et œuvre d'affirmation. Il rechigna contre un mince récit qui semblait une palinodie.

Venant après *L'Immoraliste*, *La Porte étroite* et *Isabelle*, *La Symphonie pastorale* accroît le groupe des « récits » tel que Gide l'établit à partir de 1911. Elle s'intercale entre deux fictions volumineuses qui soulignent son caractère d'accomplissement secondaire : *Les Caves du Vatican* (1914), « sotie », et *Les Faux-Monnayeurs* (1925-26), seul « roman » reconnu pour tel. Le livre de 1919 marque donc une pause : en amont l'euphorie critique de l'histoire débridée, en aval l'ambition affirmée de l'orchestration romanesque.

LOIN DE L'AVENTURE

Le liseur de romans attend le récit d'une action ou de plusieurs, l'évolution de personnages, bref un parfum d'aventure. Or le naturalisme, aboutissement d'un âge d'or du roman au XIXe siècle, avait débouché en fin de siècle sur une crise dont l'œuvre de Gide témoigne : des brumes symbolistes des *Cahiers d'André Walter* (1891) – où le narrateur est en quête d'un roman – aux lyriques *Nourritures terrestres* (1897) en passant par *Paludes* (1895), roman d'un roman, l'aventure et le romanesque se définissaient par leur propre impossibilité. Mais, à la veille de la guerre de 1914, les générations nouvelles, lasses du symbolisme et de l'intellectualisme, nourrissaient d'autres exigences, susceptibles de restaurer et revitaliser le romanesque. « Une nouvelle esthétique du roman apparaissait, celle de ce *roman d'aventure* dont parlait Rivière en 1913, et dont *Le Grand Meaulnes* et, sur le mode parodique, *Les Caves du Vatican* étaient les premières illustrations. Caractéristique essentielle : c'est un roman où il se passe quelque chose. L'événement, dans l'esprit de Rivière, ce n'étaient pas seulement les péripéties de l'intrigue ; mais la transmutation, la mise en acte des impressions et des pensées du romancier [1] ». Michel Raimond ajoute : « Un tel roman ne peut qu'être long, complexe... »

Il apparaît clairement que *La Symphonie pastorale* nous éloigne de l'effervescence des *Caves du Vatican* et du mouvement de 1913. On marquera cet écart par une référence précise au texte d'Alain-Fournier. Le journal du Pasteur, tout comme *Le Grand Meaulnes*, est de prime abord un récit d'aventure [2] ; il offre même en incipit un millésime indéfini semblable : « 189. » [3]. Mais l'imposture, qui en est le vrai sujet, circonscrit le drame moral dans un plaidoyer retors et subtil ; c'est en somme un roman retenu tout entier sous le masque d'une écriture : un roman qui ne s'écrit pas. Or, en 1891 précisément, André Walter se livrait en deux cahiers, bien avant que le Pasteur n'en fît autant [4]. Preuve, s'il en était besoin, que *La Symphonie* semble presque nous ramener vers l'époque symboliste, plutôt qu'elle ne prolonge l'élan de 1913.

Pour suggérer la complexité foisonnante de la vie, le romancier des *Faux-Monnayeurs* va recourir par exemple à la pluralité des points de vue, et il composera le livre « comme une symphonie [5] », ce qu'il n'avait guère réalisé [6] en 1919 ! En effet, le Pasteur prend rang dans la grande famille des narrateurs gidiens qui soliloquent. Tous ils sont absorbés par l'introspection, au point de voir à peine le

1. Michel Raimond, *La Crise du Roman,* p. 103. Voir Jacques Rivière, « Le Roman d'aventure », *La Nouvelle Revue française,* 1er mai, 1er juin, 1er juillet 1913.

2. Voir plus loin dans l'essai, p. 118-119.

3. Pour prolonger la réflexion, voir Alain Goulet, *Fiction et vie sociale dans l'œuvre d'André Gide,* p. 104-105.

4. Voir Dossier, p. 184-185.

5. Entretiens de 1949, voir E. Marty, *André Gide,* p. 256.

6. Voir cependant « La communion musicale », p. 72-88.

monde extérieur. Ils n'éprouvent pas un besoin très vif de parler avec les autres. Est-ce à dire que Gide ne s'est nullement renouvelé ?

FIDÉLITÉ MAIS SINGULARITÉ

Les « récits » se distinguent tout d'abord par un critère quantitatif : le volume restreint... Respectivement quatre et six fois plus courte que la sotie et le roman, *La Symphonie pastorale* porte au plus haut ce caractère puisqu'elle est l'un des récits les plus brefs. Seul le dernier, *Thésée,* est moins développé, si l'on considère avec l'auteur que *L'École des Femmes, Robert* et *Geneviève* forment un « triptyque » (*E*, p. 151). Rappelons en un bref tableau la date et l'apparence formelle des « récits » :

Titres	Dates de publication	Formes
Les Cahiers d'André Walter	1891	Journal en cahiers (2)
L'Immoraliste	1902	Chapitres distribués en parties (3)
La Porte étroite	1909	Chapitres (8) + Journal + Épilogue
Isabelle	1911	Chapitres (7)
La Symphonie pastorale	1919	Journal en cahiers (2)
L'École des femmes	1929	Journal en parties (2) + Épilogue
Robert	1930	Parties (2)
Geneviève	1936	Parties (2)
Thésée	1946	Chapitres (12)

Au centre figure généralement l'histoire particulière d'un personnage, Michel, Alissa et les autres. Là encore, *La Symphonie pastorale* s'écarte peu du modèle. Mais pour la première fois n'est offert que le seul journal d'un personnage racontant sa propre histoire. Éveline écrira aussi un journal dans *L'École des femmes* ; mais le Pasteur tient le sien sur un temps plus restreint : trois mois et demi. De même, moins d'un mois et demi s'écoule entre ses deux cahiers, alors qu'un écart de vingt ans sépare les deux parties du journal d'Éveline. Le principe de concentration propre aux « récits » est donc poussé à l'extrême dans *La Symphonie*. Elle tend vers une conception théâtrale et, plus précisément, vers la tragédie[1]. Peu à peu s'y dessine la courbe fatale qui mène la protagoniste à la mort et le narrateur à l'échec.

L'unicité du point de vue contribue à cette épuration. À cet égard aussi, la formule narrative a évolué. Déjà *La Porte étroite* innovait par rapport à *L'Immoraliste* : le récit à la première personne y était enrichi à la fin par le journal du personnage féminin, qui révélait une autre face. *La Symphonie pastorale*, en recul apparent par le retour au regard unique, va plus loin que *La Porte étroite*, dans la mesure où les techniques du journal et de la narration se relaient subtilement pour opérer le dévoilement, en fait pour démasquer. Sorte de Janus par son double visage de diariste et de narrateur[2], celui qui écrit n'aura cessé de se tromper et de leurrer. André Gide réussit une synthèse dynamique. Il n'a plus besoin de la juxtaposition de deux monologues pour exprimer son propos, qui peut d'ailleurs rester ambigu pour le lecteur. Il parvient à intégrer dans le discours d'un seul personnage les

1. Voir « Tragédie de la belle aveugle et de son maître », p. 62-72.

2. Voir « Le trompe-l'œil du journal », p. 51-62.

mécanismes de l'illusion subconsciente, puis volontaire, et leur dénonciation par la demi-dupe elle-même.

Par *Les Cahiers d'André Walter*, André Gide se situait aux antipodes du naturalisme, qui rivalise avec la complexité de la vie sociale. De ce côté la réalité concrète et d'une épaisseur parfois épique, de l'autre une orientation vers la quintessence et l'abstraction. D'un côté une représentation mimétique du monde visible, de l'autre une stylisation rigoureuse et démonstrative de l'existence intime. Bien que l'auteur de *La Symphonie* évoque une réalité reconnaissable[1], on peut sur ce plan l'estimer en recul par rapport à *Isabelle* (1911), œuvre de transition qui présente un personnel plus ample, un décor consistant, des caractères vus de l'extérieur. Avec *La Symphonie*, que l'auteur prétend « moins réussi »[2], il semble bien revenir à l'esthétique du « roman-théorème » ambitionné par André Walter :

1. Voir Dossier, p. 179-180 et 199-203.

2. Voir Dossier, p. 161.

« § Non point une vérité de réalisme, contingente fatalement ; mais une vérité théorique, absolue (du moins humainement).

§ Idéale, oui ! comme définit Taine : idéale, c'est-à-dire d'où l'Idée apparaisse toute pure. Il faut la faire saillir de l'œuvre. C'est une démonstration.

Donc les lignes simples, – l'ordonnance schématique. Réduire tout à L'ESSENTIEL. L'action déterminée, rigoureuse. Le personnel simplifié jusqu'à un seul » (*CAW*, p. 92).

Projetant sur le Pasteur des virtualités du moi et les conduisant à terme, André Gide mène à la perfection ce que Maurice Blanchot appelle la « littérature

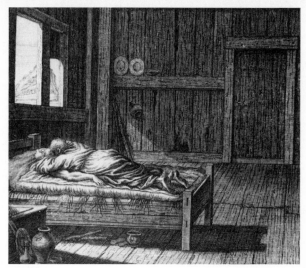

« Hôtesse de ce corps opaque, une âme attend sans doute, emmurée, que vienne la toucher enfin quelque rayon de Votre grâce, Seigneur ! Permettrez-Vous que mon amour, peut-être, écarte d'elle l'affreuse nuit ?... »
Le prophète Élie ressuscite un enfant. Illustration pour « Physica Sacra », de Scheuchzer, Amsterdam 1732. Bibliothèque nationale, Paris. Ph. © J.-L. Charmet.

« Surtout ne cherche pas d'aller trop vite ; occupe-toi d'elle à des heures régulières, et jamais très longtemps de suite... »
Photo extraite du film de François Truffaut : *L'Enfant sauvage.*
Ph. © Cinémathèque française.

« Il s'agit, pour commencer, de lier en faisceau quelques sensations tactiles et gustatives et d'y attacher, à la manière d'une étiquette, un son, un mot, que tu lui rediras, à satiété, puis tâcheras d'obtenir qu'elle redise. »

Exemple de rééducation : H. Keller. Photo extraite du film : *Miracle en Alabama*. Mise en scène Arthur Penn 1962. A. Bancroft : l'éducatrice. P. Duke : la petite aveugle.

1. *La Part du feu,*
Gallimard, 1949,
« Gide et la littéra-
ture d'expé-
rience », p. 216-
228.

d'expérience [1] ». Est-ce un hasard si, pour la première fois dans un récit, le temps sépare assez les partenaires pour que le narrateur soit en âge d'être père de l'autre personnage ? L'auteur, lui-même proche plus que jamais de sa délivrance, aura dû vivre d'une façon inconnue de lui le bonheur amoureux et le drame de l'amour conjugal.

III. LENTE GESTATION SECRÈTE

LE GRAND ÉCART

Au vu de l'impressionnant volume du *Journal* et des écrits autobiographiques, on imaginerait Gide en utilisateur appliqué, voire mesquin, des miettes du jour et des intuitions à la petite semaine. Or il se rendait généreusement disponible à la vie, attentif à toutes les sources, ne réduisant nullement son existence à être une pourvoyeuse d'écriture. Il a su demeurer en attente. « Dès vingt-cinq ans, mes livres étaient là, rangés devant moi ; il ne me restait plus qu'à les écrire [2]. » Et Gide d'ajouter : « J'y ai mis le temps. » Un quart de siècle, en effet ! À ses yeux, *La Symphonie pastorale*, « le dernier de [ses] projets de jeunesse [3] », a le mérite d'achever ce long cycle.

La composition ne demande pas plus de huit mois (février-octobre 1918). Encore cette rédaction est-elle entrecoupée de pauses, dont l'une dure quatre mois. Mais avant d'entreprendre ce petit livre, l'auteur y songe par intermittence depuis 1893. Deux questions peuvent alors se

2. Voir Dossier,
p. 162.

3. *Ibid.*

poser et même s'imposer : pourquoi et comment cette lente gestation a-t-elle pris forme ? Pourquoi et comment la naissance a-t-elle eu lieu précisément en 1918 ? Ne pas considérer le grand écart temporel et le caractère impérieux de la résurgence, ce serait s'exposer à moins comprendre. Vie et littérature se parlent chez André Gide et aboutissent à l'œuvre singulière.

LE PROJET DE 1893

L'auteur de *La Symphonie pastorale* affirme, dans son projet de préface, qu'il n'est peut-être aucun de ses livres dont il ait porté « le sujet plus longtemps en tête [1] », et qu'il en parlait à Paul Laurens dès leur voyage à Biskra, donc entre novembre 1893 et avril 1894. *Si le grain ne meurt* (1920) nous apprend que, selon le souvenir de cet ami, juste avant l'embarquement pour l'Afrique, à la mi-octobre 1893, Gide lui racontait déjà « le sujet de ce qui devint plus tard [sa] *Symphonie pastorale* » (*SGNM*, p. 289). Mais il faut s'interroger sur l'origine et le devenir, car Gide ne reproduit pas son récit du « sujet » initial.

Dans le livre autobiographique, il le qualifie implicitement de peu « ambitieux » (*SGNM*, p. 289), sans vraiment nous en convaincre. En effet, peu avant, il écrit qu'il a refusé d'emporter avec lui sa Bible : « Ceci, qui peut-être n'a l'air de rien, était de la plus haute importance : jusqu'alors, il ne s'était point passé de jour que je ne puisasse dans le Saint Livre mon aliment moral et mon conseil » (*SGNM*,

1. Voir Dossier, p. 161.

1. *Correspondance avec sa mère (1880-1895)*, lettre du 8 octobre 1893, p. 193.

p. 288). Or on sait par une lettre adressée à sa mère qu'il lui demanda l'envoi du Livre avant de quitter la France [1]. Cette déformation, au moins par omission, accentue a posteriori sa volonté de rompre avec l'éducation protestante. Plus que probablement, le sujet initial de *La Symphonie pastorale* est lié au sentiment que l'austérité d'une morale puritaine fait obstacle aux lumières individuelles, et *aveugle* au vrai bonheur. Il faut remarquer que le sujet de *La Symphonie* est évoqué en tête de la deuxième partie de *Si le grain ne meurt*, consacrée à l'époque où Gide se sent mené vers un « aveuglement de bonheur » (*SGNM*, p. 283). Symétriquement, au début du livre, il rappelle le drame de sa première amitié enfantine, nouée avec un garçon surnommé Mouton qui devint aveugle.

« Les autres jeux de ma première enfance, patiences, décalcomanies, constructions, étaient tous des jeux solitaires. Je n'avais aucun camarade... Si, pourtant ; j'en revois bien un ; mais hélas ! ce n'était pas un camarade de jeu. Lorsque Marie me menait au Luxembourg, j'y retrouvais un enfant de mon âge, délicat, doux, tranquille, et dont le blême visage était à demi caché par de grosses lunettes aux verres si sombres que, derrière eux, l'on ne pouvait rien distinguer. Je ne me souviens plus de son nom, et peut-être que je ne l'ai jamais su. Nous l'appelions Mouton, à cause de sa petite pelisse en toison blanche.

— Mouton, pourquoi portez-vous des lunettes ? (Je crois me souvenir que je ne le tutoyais pas.)

— J'ai mal aux yeux.

— Montrez-les moi.

Alors il avait soulevé les affreux verres, et son pauvre regard clignotant, incertain, m'était entré douloureusement dans le cœur.

Ensemble nous ne jouions pas ; je ne me souviens pas que nous fissions autre chose que de nous promener, la main dans la main, sans rien dire.

Cette première amitié dura peu. Mouton cessa bientôt de venir. Ah ! que le Luxembourg alors me parut vide !... Mais mon vrai désespoir commença lorsque je compris que Mouton devenait aveugle. Marie avait rencontré la bonne du petit dans le quartier et racontait à ma mère sa conversation avec elle ; elle parlait à voix basse pour que je n'entendisse pas ; mais je surpris ces quelques mots : "Il ne peut déjà plus retrouver sa bouche !" Phrase absurde assurément, car il n'est nul besoin de la vue pour trouver sa bouche sans doute, et je le pensai tout aussitôt – mais qui me consterna néanmoins. Je m'en allai pleurer dans ma chambre, et durant plusieurs jours m'exerçai à demeurer longtemps les yeux fermés, à circuler sans les ouvrir, à m'efforcer de ressentir ce que Mouton devait éprouver » (*SGNM*, p. 14).

On pensera qu'il existe une interaction entre les deux créations contemporaines, *La Symphonie* et *Si le grain ne meurt*, qu'elle appartient à la réorganisation rétrospective et engendre des effets de composition propres à l'œuvre d'art. Il reste qu'un sujet plongeant à ce point dans une expérience intime, antérieure même à 1893, ne pouvait pas ne pas être ambitieux dès l'origine. Tel semble bien être le cas de ce qui deviendrait un jour l'histoire d'un pasteur et de sa jeune disciple aveugle.

Avant de suivre l'ébauche progressive, précisons que le jeune André Gide, cultivé, méditatif et sensuel, ne découvre pas en 1893 l'intérêt qu'offrent les sens à l'artiste ! Au hasard du *Subjectif*, son cahier de lectures, on trouve à propos d'un article d'Anatole France de novembre 1889 : « Il y est question de l'audition colorée et des sens mis simultanément en activité par une excitation produite sur un seul de ces sens. Il en faudrait rapprocher la théorie explicative du "sens commun" d'après Aristote. Cela est fort intéressant et peu commun [1]. » Un mois après, il lit de Villiers de l'Isle-Adam les *Contes cruels* [2] ; on se souvient que l'un d'entre eux, « Impatience de la foule », est scandé par la parole prophétique d'un aveugle, seul parmi la foule à voir. Ce thème, aveuglement des voyants et clairvoyance de l'aveugle, n'était pas rare à l'époque symbolisante. De Hugo à Rimbaud, la poésie du siècle avait privilégié l'idée des correspondances entre les sens. Et la figure de l'aveugle-né, sujet d'une parabole évangélique, n'a cessé d'inspirer les artistes, témoins *la Parabole des Aveugles* de Bruegel et « Les Aveugles » de Baudelaire.

André Gide fut très tôt attentif aux questions du handicap visuel, de son recul obtenu par l'éducation, des conséquences entraînées par le recouvrement de la vue. On déduit d'une lettre, écrite en 1920 à son vieil ami Arthur Fontaine, qu'il projeta pendant un temps de se mettre, en somme, à la suite de Denis Diderot [3] et de sa *Lettre sur les aveugles* : « Voici bien des années que vous m'aviez confié votre intention de traiter ce sujet : la naissance, le développement des idées et des sentiments chez un aveugle, leur brusque transformation le jour où l'aveugle recouvre la vue. Je m'étais fait du sujet une idée qui tenait plus de l'histoire naturelle et de l'observation psycho-physiologique plus que du roman et de la littérature, et ma première impression fut d'être un peu déçu par l'amour » (*EC*, p. 169-170). Au commencement était l'éducation des aveugles, ainsi que le prouve l'apparition tardive de l'intrigue sentimentale. L'absence de datation gênerait s'il n'y avait encore le précieux *Subjectif*. On y apprend qu'à la veille de prendre le bateau de Marseille pour Tunis avec le peintre Paul Laurens, Gide lit, entre autres Dickens, l'un des *Christmas Books*, *The Cricket on the Hearth*, en français *Le Grillon du foyer*, ce même livre que le docteur Martins envoie au Pasteur, après l'avoir entretenu des méthodes pédagogiques adaptées aux aveugles (*SP*, p. 38). Dickens y raconte l'histoire d'une jeune fille aveugle, Bertha Plummer, à qui son père offre le bonheur sans lui dévoiler la misère du monde. Lorsque Gide parle de son projet à son ami Laurens un mois plus tard [1], il a nécessairement à l'esprit ce précédent littéraire. Et, à coup sûr, il ne peut pas s'agir d'une simple histoire d'aveugle, ni d'un roman psychologique à l'ancienne. Car dès 1893, et dans les jours précédant la lecture du *Grillon du foyer*, Gide formule dans son *Journal* la célèbre idée de la « rétroaction du sujet sur lui-même » : « Un homme en colère raconte une histoire ; voilà le sujet d'un livre. Un homme racontant une histoire, ne suffit pas ; il faut que ce soit un homme en colère, et qu'il y ait un constant rapport entre la colère de cet homme et l'histoire racontée [2] ». Il vient de le faire dans *La Tentative amoureuse*. Et ce passage du *Journal* est également consacré à la mise « en abyme [3] », procédé esthétique illustré dans *La Symphonie pastorale*.

1. Voir plus haut, p. 35.

2. Voir Dossier, p. 142.

3. *Ibid.*

Après l'éblouissante Afrique, le séjour dans la froideur de La Brévine (octobre-décembre 1894) cristallise un certain nombre d'éléments. Ce bourg du Jura suisse laisse une impression si forte et si durable que Gide, le prenant pour décor de sa *Symphonie*, va en dessiner assez fidèlement le paysage de forêts, de cimes alpestres, de tourbières, voire la topographie [1], sans être revenu sur les lieux. Il y rêve de ce qui deviendra précisément la situation du Pasteur, bloqué par la neige : « Songe à tout ce que cela peut devenir l'hiver, écrit-il à sa mère dès la première exploration, quand on ne peut sortir de chez soi qu'en faisant des tranchées dans et sous la neige ! [2] ». Cette rêverie du jeune Gide doit se comprendre *par opposition* au soleil de l'Afrique et aux espaces ouverts, alors qu'il s'isole pour mieux se retrouver : « O Biskra, ô La Brévine ! C'est absolument prodigieux [3]. » Transformé par le voyage africain de l'hiver précédent, il commence à devenir ce qu'il est, à *voir*. C'est ce que signifie en partie l'ouvrage qu'il écrit dans cette retraite suisse, l'ironique *Paludes* (1895), où, en particulier, le thème majeur de *La Symphonie pastorale* semble annoncé par cet échange de textes :

« Sur ma feuille on lisait :
Être aveugle pour se croire heureux. Croire qu'on y voit clair pour ne pas chercher à y voir puisque :
L'on ne peut se voir que malheureux :
Sur sa feuille on lisait :
Être heureux de sa cécité. Croire qu'on y

1. Voir *E C*, p. XXXVII-XXXVIII ; et Dossier, p. 142-145 et 179-180.

2. Voir Dossier, p. 142.

3. Voir Dossier, p 143.

*voit clair pour ne pas chercher à y voir
puisque :*
L'on ne peut être que malheureux de se voir »
(*P*, p. 69).
Telle est la version sophistique de ce que
Gide appellera vingt-cinq ans plus tard
l' « aveuglement de bonheur » (*SGNM*,
p. 283).

La Brévine exaspère sa découverte
d'une éthique naturelle en marge du
rigorisme chrétien, dont il trouvait des
images frappantes, en 1893, dans la
littérature scandinave, par exemple chez
Ibsen. *Les Revenants*, pièce lue deux fois
à haute voix cet été-là, lui montrait des
personnages aliénés par leur puritanisme
et conduits au mensonge par le confor-
misme. L'atmosphère de La Brévine vient
non seulement alimenter son refus d'une
morale étouffante et contraire au bonheur,
mais relancer, à l'intérieur d'une perspective évangélique, le thème de l'aveuglement. L'auteur qui travaille sérieusement,
entre la fin de 1894 et le début de 1895,
aux *Nourritures terrestres* (1897) entendra
y procéder à une vision émancipatrice des
paroles du Christ.

Ainsi, l'ensemble des données cultu-
relles, religieuses, existentielles, conjointes
à la lecture du *Grillon du foyer*, amènent
Claude Martin à admettre l'affirmation de
Gide selon laquelle *La Symphonie pastorale* était en projet depuis 1893 : « Le motif
central – une jeune aveugle dont on fait
l'éducation – et l'intention philosophique
– l'évangélisme – en étaient dès lors
probablement conçus » (*EC*, p. XLV). Le
rappel des conversations avec Paul Laurens est postérieur à la publication même

du récit. Autrement dit, il n'est question d'un projet dérivé du *Grillon du foyer* qu'en 1910, dans le *Journal* : « Je serai sans doute appelé à écrire une préface à mon *Aveugle* » (*J*, p. 300). Mais l'idée de préface marque une forte présence du sujet et, surtout, une continuité de pensée, car elle témoigne d' « un refus de l'orthodoxie, de l'autorité, du dogme, opposés à un Évangile d'amour et de liberté » (*EC*, p. XLVI). Tel sera en effet le principe essentiel de la démarche du Pasteur.

LECTURES ET FANTASME

Si l'aveuglement en tant que thème éthico-métaphysique ne constitue pas une originalité absolue, André Gide ne s'est pas non plus limité, pour le récit d'une éducation d'un jeune aveugle-né, au texte de Charles Dickens. Il s'est informé du cas de l'Américaine Laura Bridgman, qu'avait utilisé l'auteur anglais lui-même. Il a connu les Mémoires d'une Américaine qui avait perdu la vue à l'âge de dix-neuf mois, Helen Keller ; la traduction en avait été publiée en 1914 : *Mon univers : le monde d'une sourde-muette aveugle*. La même année, paraît l'ouvrage du grand universitaire aveugle, Pierre Villey : *Le Monde des aveugles*. Tous ces éléments pouvaient alimenter chez Gide ce qui finalement ressortissait peut-être à un fantasme. Ainsi en 1939 : « [...] il raconte qu'à un moment de sa jeunesse il s'était persuadé qu'il pourrait bien devenir aveugle, et il lui en est resté le souvenir d'un rêve qu'il avait fait en ce temps-là : sa

« Ainsi j'expérimentais sans cesse à travers elle combien le monde visuel diffère du monde des sons et à quel point toute comparaison que l'on cherche à tirer de l'un pour l'autre est boiteuse. »

Ph. © Eve Arnold/Magnum.

mère essayait de secouer l'espèce de résignation où il se complaisait devant cette affreuse perspective, et lui disait : "Mais non, non, mon enfant, il faudrait envisager cela comme une catastrophe", et il répondait : "Mais pourquoi, je t'assure que certains fruits ne donnent leurs [*sic*] excellence que dans le vinaigre" et il se réveillait [1] ». En 1914 encore, dans *Les Caves du Vatican*, le savant Anthime Armand-Dubois travaille sur les *tropismes* (« Quelle lumière soudaine émanait de ces syllabes ! », *CA*, p. 13) et se livre à cette expérience : « Six rats jeûnants et ligotés entraient quotidiennement en balance ; deux aveugles, deux borgnes, deux y voyant ; de ces derniers, un petit moulin mécanique fatiguait sans cesse la vue » *CA*, p. 14)...

1. *Cahiers André Gide*, 6, « *Les Cahiers de la Petite Dame* », III, p. 129.

IV. UNE RÉDACTION CONTRARIÉE

DEUX CAMPAGNES D'ÉCRITURE

Au seuil de la cinquantaine, auteur d'une vingtaine d'ouvrages, André Gide reste à la recherche de lui-même. Quand s'ouvre l'année 1918, il se remet avec peine et sans goût à ses Mémoires (*Si le grain ne meurt*). La comparaison qu'il établit avec l'œuvre de Proust achève de l'accabler. « Je ne sais absolument pas ce que vaut ce que j'écris à présent » (*J*, p. 644), écrit-il le 14 janvier. *Corydon* est en cours, de même que *Castor et Pollux* ou le *Traité des Dioscures*, projet vieux de vingt ans qu'il ne mènera jamais à terme. Et tout à coup, à la mi-février, une autre idée très ancienne prend le dessus. Pourquoi *L'Aveugle* s'impose-t-il plutôt que tout autre sujet ? Les longs cheminements souterrains ne suffisent pas à expliquer l'impérieuse résurgence.

Il se plonge le 16 février 1918 dans le manuscrit qu'il intitule alors *La Jeune Aveugle*. Quatre jours plus tard, il en possède une vingtaine de pages, se promettant de ne pas passer par un brouillon. Il ne compose pas sa *Chartreuse de Parme*, mais, à son âge, il peut bien y aller un peu à la hussarde. Dès la fin du mois, il est en mesure de lire à son épouse Madeleine les quarante-cinq premières pages recopiées du manuscrit, soit les deux premières « entrées » du Premier Cahier. Mais le lendemain 1er mars, il rêve d'en avoir fini. Simple hâte ? Pulsion profonde ? Contrariété ? Pendant un mois et demi il semble abandonner. Il se remet à rédiger dans la dernière semaine d'avril, avec grande difficulté. Puis le travail redevient fécond. Le 17 mai, il dit avoir « achevé à peu près la première partie de *L'Aveugle* » (*J*, p. 654). Le 31 du même mois, il en est aux deux tiers. Mais la double campagne, de l'hiver au printemps, tourne court. À la mi-juin, Gide rejoint Marc Allégret pour un voyage de quatre mois en Angleterre. Le Premier Cahier est terminé. Du Second seule la première « entrée » a été rédigée.

Si le titre définitif apparaît dès le *Journal* du 8 juin, l'achèvement nécessitera une autre campagne d'écriture, très délicate, à l'automne. Gide ne parvient plus à retrouver l'état d'esprit nécessaire, si éloigné du sien, et, à la fois, il redoute de s'y laisser prendre. Cette fois, il recourt au relais du brouillon. Mais son envie d'en finir l'inquiète ; elle lui paraît compromettre la réussite de ce récit peu développé. Le 19 octobre, il songe à « faire foisonner la péripétie » (*J*, p. 659). Il va seulement insérer quelques pages pour ralentir le mouvement final. Tout est à peu près terminé dès le 26 octobre, même si Gide considère le texte comme achevé le 18 novembre. Il corrigera notablement la dactylographie.

PENSUM ?

On ne s'étonne pas que dans le Projet de préface au récit, Gide place *Les Caves du Vatican* parmi ses livres « plus importants », ni même qu'il y marque une préférence pour *L'Immoraliste* et *La Porte étroite* ; mais on admet difficilement qu'il y juge *La Symphonie* « moins réussi qu'*Isabelle* [1] ». En fait, il souhaite attirer l'attention de la critique sur des titres qu'elle a selon lui sous-estimés. Et, sans doute, il entend se justifier de publier un petit récit – et non le roman annoncé en 1914, *Le Faux-Monnayeur* –, revenant ainsi aux ouvrages ironiques dont il avait dit, au même moment, que *Les Caves* devait être « le dernier » (*Romans*, p. 679).

Mais les soucis de stratégie littéraire ne sauraient tout expliquer. L'ambition esthétique de Gide est alors, plus que jamais, le grand œuvre qui restera son seul roman avoué. Aussi, le détour critique par le Pasteur s'apparente doublement à une régression, puisque l'auteur, avant même *La Symphonie pastorale*, a entrepris de passer aux livres d'affirmation : *Si le*

1. L'ensemble du Projet de préface est reproduit au Dossier, p. 161-163.

grain ne meurt et *Corydon* paraissent en
tirage limité dès 1920. Il faut d'ailleurs
le croire sur d'autres points. Il a pu
chercher par *La Symphonie* à « [s']assurer
de l'écouteur [1] », lui qui n'a jusqu'alors
touché qu'un public restreint – non sans
en concevoir quelque frustration. D'autre
part, dans l'attente du Livre, il a pu
éprouver le besoin de s'exercer au sortir
d'une longue période inactive, où il dit
avoir été « plein de doutes, d'appréhensions, de modesties [2] » ; de même après
L'Immoraliste, explique-t-il, *Le Retour de
l'enfant prodigue* a précédé *La Porte
étroite*. Enfin, proche de la maturité, Gide
devait peut-être en arriver à un pour-
solde-de-tout-compte avec son passé littéraire : « le dernier de mes projets de
jeunesse, derrière quoi je ne voyais plus
rien qui m'empêchât de travailler enfin
librement, je veux dire : sans plan
préconçu [3] ». On sait que le projet remonte
à l'année 1893. Gide écrit toujours en
retard sur lui-même. La vie se charge de
décanter l'œuvre en formation. Décalage
et décantation entraînent une stylisation
limpide.

En revanche, l'auteur insiste trop sur
sa contrariété pour qu'on n'y voie pas
quelque clé de la genèse, contrariante mais
nécessaire. Pourquoi Gide se serait-il
astreint à « un véritable pensum [4] » ?
« Rien ne m'écœurait plus [5] » note-t-il
aussi dans le Projet de préface. Ce texte
inachevé reste ouvert sur des points de
suspension. Sans doute faut-il leur substi-
tuer les questions personnelles, ina-
vouées : religion et amour. De là viennent
les premières offensives de rédaction, le

1. *Ibid.*

2. *Ibid.*

3. *Ibid.*

4. Lettre à
Raymond Bonheur
in *Le Retour,* Ides
et Calendes, 1946,
p. 105. Lettre du
30.XII.1919.

5. Voir Dossier,
p. 163.

coup de frein et, après quatre mois, la conclusion hâtée.

RELIGION ET AMOURS

La question est de comprendre pourquoi Gide retrouve des problématiques de 1893 alors qu'il est tourné vers de tout autres projets. En réalité, elles ne pouvaient pas ne pas être réactivées par l'expérience existentielle du moment.

Sur le plan religieux, la crise de 1916-17 est dépassée. L'auteur n'éprouve plus d'inquiétude religieuse. Mais, de la rédaction du « Carnet vert », il lui reste de s'être mis dans la situation de l'exégète commentant l'Evangile et comparant les traductions, dans celle d'un pasteur, en somme, préparant des questions qui seraient autant de sujets de sermon ! Le « Carnet vert » s'arrête – depuis huit mois en février 1918 – sur un reproche que Gide se faisait de n'être pas demeuré fidèle à sa pensée « la plus hardie » : « Je me suis effrayé non point d'elle, mais de la peur que certains amis en avaient. O mon cœur ! durcis-toi contre cette sympathie ruineuse, conseillère de tous les accommodements » (*J*, p. 603). *La Symphonie* répond à cette *sympathie* par une ironie dirigée contre un menteur, parce que tout dans la vie de Gide lui rend le mensonge de plus en plus intolérable. Il devait écrire *Le Faux-Monnayeur*. En voici un, d'ailleurs écrivain déjà puisqu'il est seul à tenir la plume.

À ce point de la recherche morale gidienne du bonheur, l'accord enfin trouvé avec la nature individuelle entraîne un puissant mouvement de joie. Mais Gide se rend bien compte qu'il achète ce bonheur au prix de la tristesse de son épouse. Ainsi se réactualise le débat cécité/bonheur, contemporain de la conception de 1893-94. Représenter un pasteur amoureux, aveugle au mal qu'il fait à sa femme, ce sera aussi pour Gide la possibilité d'une interrogation fictionnelle sur son propre mensonge conjugal. Sans doute n'a-t-il pas – comme le Pasteur – imposé au foyer l'être jeune qu'il aime, mais il séjourne souvent à Paris, laissant Madeleine en Normandie, où la triste ambiance de Cuverville lui pèse... Gide sait qu'il doit y avoir quelque rupture. Maintenant qu'il s'efforce d'aller jusqu'au bout de son traité sur l'homosexualité et des confessions de *Si le grain ne meurt*, l'« aveu passe par l'élimination symbolique de sa femme, qu'il faut disqualifier comme épouse [1] ». S'il peine sur son pensum, c'est qu'il y mène un « plaidoyer *pro domo* [2] » dont il a besoin. Car, en même temps, il n'a pas le vouloir de se séparer de son amour conjugal, pour lui fondamental.

Du reste, le bonheur qu'il connaît avec Marc Allégret n'est pas sans ombre. Il est menacé par sa réalisation même, fondée sur l'éducation et la liberté. Quand l'aveugle de *La Symphonie pastorale* recouvre la vue, elle n'aime plus. On lit dans le *Journal* du 9 mai 1918 un sujet de roman dont voici un passage, suggérant la crainte de Gide avant le séjour en Angleterre : « [...] il reconnaît alors qu'il n'a plus grand désir pour cette félicité trop escomptée. Mais il est trop tard à présent pour s'en

1. Alain Goulet, « L'ironie pastorale en jeu », p. 52.

2. *Ibid.*, p. 51, etc.

1. Voir Dossier, p. 159.

dédire ; il est pris lui-même dans la machine qu'il a construite et mise en branle, et malgré qu'il en ait, il faut maintenant qu'il poursuive son élan jusqu'au bout [1] ». Et il est frappant que, du *Journal* à *La Symphonie pastorale*, l'auteur recoure à la même formule – « angoisse inexprimable » (*J*, p. 656 ; *SP*, p. 130) – pour désigner son état affectif, la veille du départ avec Marc, et celui du Pasteur, quand il apprend que Gertrude est opérable. S'il lui faut une seconde campagne d'écriture pour terminer le récit, on peut estimer que les conditions pénibles du départ pour l'Angleterre et le drame des lettres brûlées par Madeleine (*JS*, p. 1145-48) fournissent à Gide les répondants vitaux qui président à l'achèvement de *La Symphonie*. Ainsi voit-on s'y dessiner, selon la formule de Francis Pruner, le chemin qui va *de la tragédie vécue à la tragédie écrite* [2].

2. Voir ce titre au sein de la bibliographie.

II CONSTRUCTION

"L'IDÉE DE L'ŒUVRE"

À l'époque où le jeune André Gide voit se dessiner ses livres pour les vingt-cinq années à venir, il se méfie en même temps de l'imagination – que le philosophe Malebranche appelait « la folle du logis » : « C'est pour imaginer trop vite que tant d'artistes d'aujourd'hui font des œuvres caduques et de composition détestable. Pour moi, l'idée d'une œuvre précède souvent de plusieurs années son *imagina-tion* » (*J*, p. 49). Amateur d'art, admirateur des classiques, il attache grand prix aux lignes de force d'une œuvre, non par simple soin esthétique mais, d'un même mouvement, par souci du sens. En critique, il se place à l'extérieur, il observe la formation du livre et *Paludes* prouve déjà ce moderne attachement à la structure.

Que Gide aimait la musique, lui qui ne vivait pas bien sans un piano, le titre de *La Symphonie pastorale* le rappelle assez pour qu'on s'interroge. Pourquoi aussi le choix du journal ? Et cette forme suffit-elle à rendre compte de la construction ? Répondre à ces questions permettra du moins de faire une part du chemin. Car « l'idée de l'œuvre, c'est sa composition » (*J*, p. 49).

I. LE TROMPE-L'ŒIL DU JOURNAL

En 1918, André Gide tient un journal depuis plus de trente ans, prépare un livre autobiographique (*Si le grain ne meurt*), et ses récits antérieurs ont été assumés par des narrateurs à la première personne. Retrouvant par *La Jeune Aveugle* des problèmes familiers, il va mettre à profit cette expérience pour traduire une aventure de l'ambiguïté.

"PREMIER CAHIER" :
FAUSSE APPARENCE DE JOURNAL

Le lecteur ne rencontre pas aux lieu et place convenus la précision « roman », ni d'ailleurs aucune autre. Mais il reconnaîtra bientôt les signes du journal. Il a ouvert le « Premier cahier », il tombe sur une indication de date en tête de la rédaction : quelqu'un écrit « Je », parle de ses occupations courantes, de sa position de ministre du culte et de sa posture d'homme qui commence à écrire. L'ensemble du livre sera ainsi fragmenté en journées. L'équivoque plane cependant dès la première page puisqu'il y est question de « revenir en arrière » (*SP*, p. 11). En réalité, les dates initiales ne scanderont pas tant l'écriture au jour le jour du diariste que la rédaction progressive d'un récit rétrospectif. Le lecteur peut s'y tromper. Par exemple, le Pasteur revient au présent à la fin de la première journée et au début de la seconde. L'activité même du narrateur le conduira naturellement au présent de sa narration (*SP*, p. 31, 32, 38, 39, etc.) ; elle le détournera par intermittence de l'histoire passée. Le lecteur, au contact direct d'une conscience et pris par l'aventure, distingue mal dans la mesure où il ne se soucie pas d'abord de distinguer. Il jouit de son double plaisir, qui est illusion double : de réalité et de vérité. Il bénéficie de l'avantage propre au liseur de romans, puisque l'action relève d'un *tout* (*SP*, p. 11) présenté comme achevé, en cela rassurant.

À la fin de ce Premier cahier, il s'agit encore d'une histoire assez lointaine. Un décalage de six mois environ subsiste entre les événements et leur narration. Sans doute cet intervalle sera-t-il comblé par le Deuxième cahier, plus bref... Le lecteur bénévole s'est identifié à ce que suppose l'usage du journal, surtout pour un chrétien, ministre du culte : la probable volonté de voir le vrai à la lumière de la foi, celle au moins de servir et rechercher un bien moral. Comment ne pas suivre cet examen général d'une période dont les prémices remontent à deux ans et demi ? En effet, le Pasteur ne se limite pas au récit d'éducation annoncé ; il laisse se dessiner une image de lui-même.

"DEUXIÈME CAHIER" : VRAI JOURNAL D'IMPOSTEUR

Par mauvais esprit on se sera peut-être méfié... Mais, après une pause d'une quarantaine de jours (du « 12 mars » au « 25 avril »), le Pasteur s'est transformé en lecteur de soi et il opère un retour sur le Premier cahier : « Aujourd'hui que j'ose appeler par son nom le sentiment si longtemps inavoué de mon cœur, je m'explique à peine comment j'ai pu jusqu'à présent m'y méprendre [...] » (*SP*, p. 99-100). Le narrateur doit assumer le sentiment découvert, son amour pour la jeune aveugle Gertrude. Il justifie la narration dont la relecture vient de détruire à ses yeux la naïveté : « J'ai rapporté ces conversations non seulement telles qu'elles ont eu lieu, mais encore les ai-je transcrites dans une disposition d'esprit toute pareille [...] » (*SP*, p. 101). Dorénavant, le livre s'écartera du récit pour se transformer peu à peu en vrai journal. L'écart temporel entre les événements et leur compte rendu ira s'amenuisant. La relecture imposait le présent de l'écriture lors de la première journée datée « 25 avril ». Dès la seconde journée

« Tout occupé par mes comparaisons, je n'ai point dit encore l'immense plaisir que Gertrude avait pris à ce concert de Neuchâtel. On y jouait précisément "La Symphonie pastorale". »

Beethoven composant la « Pastorale » au bord d'un ruisseau. Lithographie. Maison de Beethoven, Bonn. Ph. X.- D.R.

(« 3 mai »), l'écriture est près de coller au temps de l'action : « Ce fut proprement le sujet de la discussion que je viens d'avoir avec Jacques » (*SP*, p. 104). Les repères temporels tendent à changer d'orientation. Le narrateur du Premier cahier allait du passé vers l'avenir ; le présent demeurait en retrait par rapport à cet avenir ou prenait un tour général. Les rétrospectives du Deuxième cahier, elles, se fondent avec le présent vécu sans jouir de l'autonomie narrative. Elles projettent une lumière sur le drame en cours. Si le lecteur peut encore s'identifier à ce qui devient le vrai journal d'un homme faux, c'est par un effet de l'accélération induite par la passion amoureuse et par l'action. Le récit rattrape la vie (*SP*, p. 133, etc.). Le spectacle de ce pasteur dépassé prend une valeur dramatique ou mélodramatique, sinon pathétique.

L'AVEU RETARDÉ

Il ne fallait pas beaucoup de mauvais esprit au lecteur pour juger tardive la découverte de l'amour par le narrateur. Ne ment-il pas lorsqu'il affirme avoir compris seulement dans la nuit du 24 au 25 avril, en se relisant ? Dès le Premier cahier, il évoque cette clairvoyance par anticipations (*SP*, p. 70, 76, 83, 87)... On observera néanmoins que ces annonces prennent place aux journées du 8 et 10 mars et que le Premier cahier se clôt à la journée suivante datée « 12 mars », chronologiquement toute proche. D'autre part, le Pasteur ne prétend pas avoir laissé son texte absolument intact après la relecture révélatrice. Enfin, rien n'est plus faux que le genre du journal. On peut y manquer à la vérité en écrivant en deçà comme au-delà d'elle... ou encore à côté. Des écrans invisibles séparent la conscience et les mots, les mots et les choses. Souvent, nous voyons clair bien plus tard, surtout en amour. Le dicton « l'amour est aveugle » se vérifierait par ce journal, trompe-l'œil pour un pasteur qui veut, après avoir recueilli une infirme, « écrire ici tout ce qui concerne la formation et le développement de cette âme pieuse » (*SP*, p. 11). Bonne conscience et pharisaïsme lui auront permis de réaliser le projet, inavoué, d'évoquer un sentiment apparemment orienté vers Dieu, « l'amour » (*SP*, p. 12). Il se sera laissé prendre par l'histoire comme à un doux piège. À son insu ou presque, le journal n'en aura pas moins accompli sa fonction d'analyse par le biais du récit rétrospectif. Telle serait donc la vraie raison de l'arrêt du Premier cahier. Sans doute, la fonte des neiges qui bloquaient la maison permet au narrateur de rattraper le temps perdu en matière d'obligations pastorales. Mais aussi, elle retarde l'aveu devenu inévitable. Comme par hasard !

UN DIPTYQUE
DU MENSONGE À SOI

La force insaisissable de *La Symphonie pastorale* tient à une maîtrise de l'ambiguïté. Miroir complaisant, le journal ne serait-il pas aussi un trompe-l'œil destiné par le narrateur au lecteur prétendu improbable (*SP*, p. 39, 65) ? On écrit toujours peu ou prou en vue d'être lu, et le Pasteur ne l'ignore pas. À la fin du Premier cahier, le point d'orgue laisse en suspens le récit de six mois, ceux qui recouvrent la période précédant l'entreprise du journal. Le Pasteur affirme que la neige et le blocus climatique lui fournissent l'occasion d'écrire, dans ce qu'il appelle une « claustration forcée » (*SP*, p. 11). Étrange symétrie entre le début de ce Premier cahier et sa fin ! L'initiative imputée en quelque sorte aux intempéries apparaît comme une douteuse nécessité. Qu'est-il advenu au Pasteur entre ce que Gertrude ressent comme un implicite aveu d'amour (août) et le début de la rédaction (« 10 février ») ? Et pourquoi faut-il sept mois entre le moment de cet aveu et la journée où il est raconté (« 12 mars ») ? Si le Pasteur n'était à la fois dupe et assez intelligent, ce retard s'expliquerait de façon tranchée, par l'aveuglement total ou au contraire par une lente préméditation. Mais André Gide connaissait, mieux que personne, les multiples nuances et détours entre mensonge et vérité, sous les deux visages parfois contradictoires de la sincérité et de la lucidité. Le Pasteur s'est trompé mi-involontairement mi-volontairement sur la motivation initiale de son écriture. Et il prend les devants à mesure qu'il progresse, confusément conscient qu'un examen est souhaitable (n'y a-t-il pas erreur ?), et une accusation, imaginable (y aurait-il faute ?). Le temps d'exposer, de s'expliquer et d'en venir au récit de l'aveu implicite, le journal se déploiera pendant un mois (une quinzaine de jours si l'on met à part la première « journée », d'exposition générale). Le Deuxième cahier, après une interruption fatale d'une quarantaine de jours, va inaugurer le temps de la justification ouverte sans éliminer pour autant l'aliénation pastorale. C'est au sujet de Jacques et non de lui-même que le Pasteur écrit : « N'est-ce pas La Rochefoucauld qui disait que l'esprit est souvent la dupe du cœur ? » (*SP*, p. 111). Mais là intervient, de l'auteur de *La Symphonie pastorale* à son lecteur, le propos dénonciateur d' « une forme de mensonge à soi-même [1] ». Ainsi s'impose la composition de deux cahiers en diptyque : aveuglement sournois/aveuglement délibéré, ou clarification aveugle/aveuglement mensonger.

VANITÉ DU TROMPE-DÉSIR

La technique du journal en trompe l'œil, d'une pertinence proprement aveuglante, permettait à Gide de résoudre des problèmes esthétiques et personnels. Au retour de son séjour en Angleterre avec Marc Allégret, il éprouvait grand mal à terminer le livre, qui en était au début du Deuxième cahier depuis le printemps ; il se sentait trop éloigné de « l'état d'esprit » (*J*, p. 659) du narrateur censé tenir la plume. Il craignait que la fin manquât de « développement » (*J*, p. 659). Cependant, le trouble du Pasteur devant des événements qui lui échappent justifie le « défaut » que, dans son projet de préface à *La Symphonie pastorale*, il attribue à ses récits : « l'étrécissement de leur partie finale [2] ». La vraisemblance psychologique

1. « Feuillets », *Œuvres complètes*, t. XXX, Gallimard, p. 440. Voir *EC*, p. CI.

2. Voir Dossier, p. 162.

admet que l'émotion et l'angoisse restreignent l'élaboration, fragmentent la rédaction. Et puisque l'opération subie par Gertrude lui rend soudain la vue, une accélération paraît naturelle. Pourquoi entrer dans des considérations médicales ? Le lecteur n'est pas choqué par les incontestables difficultés de calendrier ; du moins l'est-il beaucoup moins que par le « hier » (*SP*, p. 29) du « 27 février », qui se rapporte au « 10 février »... Ces contrôles d'emploi du temps conviennent davantage aux inspecteurs de police. Il n'en va pas de même pour les six mois de l'action sautés à la fin du Premier cahier. Mais le Deuxième cahier éclaire le lecteur. Pendant cette période où pas « le moindre mot d'amour » (*SP*, p. 123) n'est prononcé entre les protagonistes, le Pasteur se rend souvent chez Louise de la M..., la vieille demoiselle qui héberge Gertrude : « et combien il me prive – ajoute-t-il – si parfois il me faut rester deux ou *trois* jours sans y aller » (*SP*, p. 118). Ainsi donc, l'écriture trompe non seulement une inquiétude secrète, mais le vide creusé par l'absence de la jeune fille. Le journal n'a-t-il pas été entrepris quand la neige, qui bloque les routes, « n'a pas cessé de tomber depuis *trois* jours [1] » ? A posteriori, le Premier cahier semble le huis clos du désir contenu.

1. *SP,* p. 11. C'est nous qui soulignons, comme dans la citation précédente.

HARMONIE DES ACCOMMODEMENTS

La motivation confuse du narrateur explique assez bien que l'histoire des relations affectives fasse peu à peu jeu égal avec le récit de l'éducation. Reste l'invraisemblance de la brusquerie des progrès accomplis au fil du Premier cahier par la jeune aveugle. Mais Gide tire parti d'un recul à la fois excessif (par rapport au temps de l'action) et insuffisant (en raison de l'équivoque entre l'amour-charité et l'amour-passion) : le narrateur, par l'absence de notes (*SP*, p. 50) diariste empêché, ne peut maîtriser au jour le jour une narration rétrospective suivie (*SP*, p. 65) ; il doit se référer à sa mémoire et à ses incertitudes (*SP*, p. 45, 65, 67-68, etc.)... Les artifices romanesques, ellipses, sommaires, ou encore, prolepses et analepses – pour employer la terminologie de Gérard Genette [1] –, brouillent la chronologie, effacent les contours, comblent des vides, créent une illusion de durée. Un exégète a montré que le mensonge chronologique, plus ou moins voulu par le narrateur en matière d'aveu amoureux, se double d'un « lapsus chronologique [2] » aux pages 43-48 : l'histoire commençant en août et les dix mois séparant le printemps de l'année 1 et la Noël de l'année 2 étant mis entre parenthèses, c'est près du tiers de la durée totale de l'histoire qui est escamoté. L'auteur économise par là même l'aspect technique du sujet, évite de décentrer un projet avant tout moral. Le développement physique et intellectuel des aveugles se trouve traité dans les livres... Le docteur Martins, ami du Pasteur, sera chargé de faire un exposé au cours d'une discussion et de donner à lire au Pasteur *Le Grillon du foyer* de Dickens (*SP*, p. 38). Le narrateur croira ensuite « inutile de noter » (*SP*, p. 50) ce

1. *Figures* III, Seuil, 1972.

2. Voir Dossier, p. 193-194.

l'on prenait à son plaisir? Amélie du reste
ne demeurait pas silencieuse, mais elle
semblait mettre une sorte d'affectation
à ne parler que des choses les plus indif-
férentes; et ce ne fut que le soir, après
que les petits furent allés se coucher,
~~qu'elle me dit brusquement que je crus~~
— En sais pour ~~elle~~ ~~devoir les prendre~~
que l'ayant prise, ~~ay me demandé~~
à part et lui ~~demander~~ sévèrement:
— Tu es fâchée de ce que j'ai mené
Gertrude au concert? J'obtins cette
réponse:
— Tu fais pour elle ce que tu n'aurais
fait pour aucun des tiens.
C'était ~~donc~~ toujours le même grief,
et le même refus de comprendre que l'on
fête l'enfant qui revient, ~~plus qu'aucun de~~ mais non point de
ceux qui sont demeurés, comme le montre
la parabole; il me peinait aussi de ne la

qui risquerait de manquer d'originalité...
L'auteur se fait fort de faire entrer le
lecteur dans son jeu, et il parvient en effet
à intégrer ses artifices à la cohérence
esthétique et morale du livre. Lorsque
le narrateur attire l'œil sur son regret
de n'avoir pas tenu à chaud son journal
pour noter les progrès de Gertrude, il
trompe et se trompe sur les difficultés
de la mémoire. Ce pasteur qui a des
embarras avec sa conscience cherche
naturellement des accommodements avec
le Temps, comme Tartuffe en trouvait
avec le Ciel.

II. TRAGÉDIE DE LA BELLE AVEUGLE ET DE SON MAÎTRE

Alors qu'il adopte pour sa *Symphonie* la
forme du journal, André Gide n'en sera
pas moins séduit en 1921 par un projet
de mise en scène théâtrale qui lui est
proposé. Il affirmera même : « Et puis,
quoi, ça ne change rien à mon livre [1] ! »
La boutade prend son vrai sens bien plus
tard, quand il déclare à un journaliste au
moment de l'adaptation cinématographique : « Tout mon récit n'a de sens que
par sa construction. C'est en somme une
tragédie en cinq actes qui ne prend sa
valeur que par la longue nuit des quatre
premiers » (*EC*, p. 181). Ne recourait-il
pas au même vocabulaire lorsque, inquiet
d'achever trop rapidement le récit, il
se rassurait en écrivant : « Du reste,
la *péripétie* est susceptible encore de
quelque foisonnement [2] » ? D'une autonomie incertaine à ses débuts et toujours

1. *Cahiers André Gide*, 4, « Les Cahiers de la Petite Dame », I, p. 73.

2. *J.*, p. 659. C'est nous qui soulignons.

d'une extrême plasticité, le roman s'est construit aux dépens des genres existants : « Espèce littéraire indécise, multiforme et omnivore [1] », disait Gide. L'esprit de la tragédie classique, genre souvent présent dans le *Journal*, se retrouve dans plusieurs aspects de *La Symphonie pastorale* : la concision, la tension croissante, le débat intérieur, les crises, certaine solennité de ton. Il n'en est que plus tentant de rechercher les « cinq actes » dont parle l'auteur. On confirmera qu'il ne s'agit sans doute pas d'une vision a posteriori. Car le récit s'appuie sur une infrastructure de tragédie pour lier histoire de l'éducation et drame de la passion contenue, ce qui explique en partie l'attrait du public toujours renouvelé. *La Symphonie pastorale* raconte conjointement l'émancipation illusoire d'une belle adolescente handicapée et le parcours trompeur d'un pédagogue amoureux, comme le craint aux approches du dénouement le narrateur et maître : « Et pourtant, si tant est qu'elle a voulu cesser de vivre, est-ce précisément pour avoir *su* ? Su quoi ? Mon amie, qu'avez-vous donc appris d'horrible ? Que vous avais-je donc caché de mortel, que soudain vous aurez pu voir ? » (*SP*, p. 141). Quand l'aveugle recouvre la vue grâce à une opération, sa découverte du monde la conduit au suicide ; et, avant de mourir, elle avoue au Pasteur que ce n'est pas lui qu'elle aime mais son fils Jacques. Apprendre et cacher, savoir et voir : tout se joue dans l'interaction entre l'amour et l'initiation au monde. Le Pasteur, lui, affronte à la fin le néant dans sa vie.

1. *Prétextes*, p. 146.

DE LA BÊTE À L'ANGE :
ACTE PREMIER

1. Voir Dossier, p. 177.

2. Voir Dossier, p. 155-156.

Tout bien pesé, Albert Thibaudet justifiait finalement « le franc parti de schématisme et de concision [1] ». Mais Gide n'aurait pas détesté amplifier l'aspect technique de l'apprentissage, comme le donne à penser une page abandonnée [2]. Les phases successives de la formation sont repérables, même les deux premières, pourtant les plus elliptiques.

La première présente un être d'abord sans nom ni langage articulé, tout proche de l'état animal, qui manifeste au bout de sept mois une première métamorphose. Sur une chronologie floue un repère se détache : « Le 5 mars. J'ai noté cette date comme celle d'une naissance. C'était moins un sourire qu'une transfiguration » (*SP*, p. 42). La liaison des sensations entre elles et leur association au mot, méthode transmise par le docteur Martins, à quoi s'ajoutent, signalés ensuite (*SP*, p. 48-51), l'alphabet des aveugles et l'aide du fils du Pasteur, ont déjà porté des fruits remarquables. La jeune aveugle, prénommée Gertrude par la famille, mène une vie enrichie par les sensations et arrive aux confins du langage.

En contrepoint à ces débuts de la connaissance, l'histoire d'un amour se devine. La première entrée du journal lance, non sans ambiguïté, le motif de l'élan pastoral (« l'amour », « quelque trésor caché », « mon amour », « comme si l'amour était un trésor épuisable » : *SP*, p. 12, 18, 19) et celui des corps en contact (« blotti contre moi », « si longuement pressée contre moi », *SP*, p. 18, 25). Au terme, la figure hostile de l'épouse du Pasteur semble venir en surimpression sur celle de la vieille avare décédée. Et lorsque la généreuse Charlotte, qui trouvera le prénom de Gertrude, doit « étreindre sauvagement » (*SP*, p. 27) son père au lieu de l'infirme encore trop repoussante, le lecteur peut y soupçonner une projection du désir éprouvé par le narrateur. Au reste, si le maître passe par la déception (« Et de même que l'amour répond à l'amour, je sentais un sentiment d'aversion m'envahir, devant le refus obstiné de cette âme », *SP*, p. 32), la satisfaction pédagogique éprouvée devant la transfiguration angélique le mène vers un autre domaine : « [...] car il m'apparut que ce qui la visitait en cet instant n'était point tant l'intelligence que l'amour. Alors un tel élan de reconnaissance me souleva, qu'il me sembla que j'offrais à Dieu le baiser que je déposai sur ce beau front » (*SP*, p. 42-43). Ce baiser semble appelé par le premier, ce que seul l'apparat mystique fait oublier. Et un précédent historique, dans l'intervalle, a comme autorisé l'équivoque : les « larmes de reconnaissance et d'amour » (*SP*, p. 36), que verse en une circonstance analogue le médecin tuteur de la célèbre aveugle Laura Bridgman.

LE CONCERT À NEUCHÂTEL :
ACTE II

Après la première phase de l'éducation qui se confond avec un acte d'exposition, vient celle où le titre du livre trouve son explication apparente. Ecoutée en concert à Neuchâtel par Gertrude et son maître, *La Symphonie pastorale* de Beethoven offre une évocation de la nature favorable à l'application de la méthode : association des couleurs à l'ouïe pour aller de la sensation vers la connaissance. Gertrude s'élève au-dessus du premier niveau du *sentir* ; elle soupçonne l'existence du mal sous les espèces du faux et du mensonge ; elle se demande si elle ne constitue pas elle-même une laideur au sein de la nature ; elle veut *savoir*. Par la question du bonheur, Gertrude n'est pas loin d'atteindre la connaissance morale et métaphysique. La « journée » du 29 février (*SP*, p. 55-62) occupe une position centrale dans le Premier cahier (trois « journées » de part et d'autre), mais aussi dans la construction générale de l'histoire : ce premier long dialogue qui réunit après le concert les deux protagonistes est suivi de la narration des répercussions domestiques entraînées par l'escapade.

Inauguré par l'exposé didactique (*SP*, p. 43-54), le deuxième acte se déploie donc vers des temps forts de la relation personnelle (*SP*, p. 55-62). À la fin, le visage de l'aveugle en larmes, qui vient d'entendre les reproches d'Amélie à son mari, s'oppose tragiquement aux deux gestes par lesquels le Pasteur témoigne de son bonheur : il porte à ses lèvres et, au retour, à son visage la main de Gertrude (*SP*, p. 57, 62). Cependant, à propos de Jacques d'abord décrit par son père comme « si distant, si réservé » (*SP*, p. 28), on apprend qu'« il commença brusquement de s'intéresser à Gertrude », bientôt stimulée par « un zèle extraordinaire » (*SP*, p. 49). Cette relation paraît contrarier celle du Pasteur (« Et d'abord je fus heureux d'être secondé », *SP*, p. 48), qui entre en conflit intermittent avec un amour conjugal caractérisé très tôt par de fréquents « petits différends » (*SP*, p. 22). Les intrigues se nouent à l'ombre de la jeune fille, tandis qu'elle accède à la parole et que le dialogue, didactique et ensuite amoureux, entraîne les déclarations imprudentes du Pasteur.

CRISE FAMILIALE : ACTE III

Préférant essayer de jouer seule à l'harmonium de la chapelle, Gertrude manifeste de l'indépendance à l'égard du Pasteur. Ce début d'autonomie apparaîtra clairement lors de la promenade en forêt qui clôt le Premier cahier du journal. De sa propre initiative, la jeune fille cite des paroles du Christ. Mue par des visions intérieures, elle évoque le paysage qui s'étale sous ses yeux aveugles : végétation, architecture de l'espace, prairie, fleuve, montagne. Elle ne déchiffre plus de ses mains un texte en braille ; elle parvient à lire la nature « comme un livre » (*SP*, p. 92) et, pour ainsi dire, à composer. Ainsi est marqué un sommet de ses progrès. Gertrude se révèle capable de *voir* et, dans cette mesure, de connaître ce que le Pasteur ne peut voir avec les yeux de chair.

En réalité, une crise de trois jours occupe la majeure partie de ce troisième acte (*SP*, p. 63-95), plus développé que le précédent pour une période pourtant moins longue : deux mois, contre un an et trois mois. Ce resserrement temporel correspond à un crescendo dramatique, encore accentué par la prédominance du dialogue. Le conflit cristallise autour de la répétition d'un baiser, qui est comme le vol du père par le fils : Jacques porte à ses lèvres la main de la jeune fille au terme de l'une de ces leçons d'harmonium qu'elle apprécie venant de lui ; et Gertrude ment à demi au Pasteur, témoin de la scène à l'insu des jeunes gens (*SP*, p. 70-71). Pour l'essentiel, le troisième acte se compose des trois scènes dialoguées consécutives à l'incident. Les deux premières ont pour effet de repousser les obstacles personnifiés par les interlocuteurs : Jacques est écarté pour un mois de la maison familiale (*SP*, p. 71-79) ; Amélie doit accepter que Gertrude soit confiée à Mlle Louise de la M... chez qui le Pasteur pourra continuer de la voir (*SP*, p. 80-87). La troisième scène réunit Gertrude et son maître en un dialogue qui s'achemine vers un point de rupture : la jeune fille, ayant pris la main du Pasteur, celui-ci la lui retire et avoue ainsi tacitement son amour, car les questions de Gertrude sur le départ de Jacques ont entraîné celle du mal dans l'amour.

DE LA CRISE INTÉRIEURE AU MENSONGE : ACTE IV

L'interruption du journal sépare et oppose les deux cahiers par la prise de conscience de l'amour coupable. Au début du Deuxième cahier, le Pasteur comprend qu'il confondait le plan divin et le plan humain, qu'il éludait ainsi le problème de la loi et du péché. Afin de concilier passion et religion, il va pratiquer à dessein une interprétation toute personnelle des Écritures, contraire à celle de Jacques, fondée sur la soumission. Il l'impose à Gertrude en choisissant ses lectures. Mais les progrès intellectuels de la jeune fille continuent de s'affirmer, entre l'émancipation et la dépendance. Elle remplit des fonctions éducatives chez Louise de la M... qui héberge aussi trois petites aveugles ; elle tient l'orgue à l'église. Neuf mois après la promenade de l'été, l'évolution nouvelle vers le savoir et vers la capacité d'enchaîner logiquement des idées se manifeste au cours de la première sortie de printemps. Symétrique à la scène dialoguée du troisième acte, celle-ci en exacerbe au niveau du *savoir* (*SP*, p. 126-128) les autres thèmes : Jacques, la beauté du monde, le bonheur. Gertrude est amenée à mettre le Pasteur face au caractère réciproque de leur amour. Et le Pasteur est près de céder à l'entraînement des sens : « Nous marchions à pas précipités, comme pour fuir, et je tenais son bras étroitement serré contre moi. Mon âme avait à ce point quitté mon corps – il me semblait que le moindre caillou sur la route nous eût fait tous deux rouler à terre » (*SP*, p. 129). Le lendemain, le Pasteur monte dans la chambre de Gertrude et ils échangent un baiser. Seule alternative probable désormais : l'amour ou la mort.

CRESCENDO ET CATASTROPHE

Péripétie intérieure, la découverte de l'amour aggravait la menace du tragique, puisque la lucidité engendrait une tromperie délibérée. Une péripétie extérieure, le recouvrement de la vue, va précipiter le dénouement : la lucidité de Gertrude entraîne sa mort volontaire. La réussite de l'intervention chirurgicale subie le 22 mai (*SP*, p. 134) divise le Deuxième cahier en deux parties inégales. Le procédé du resserrement dramatique, sensible dès le Premier cahier, s'accentue à la fin du livre. Un tableau sommaire l'indiquera :

« Actes »	Nombre de pages	Durée de la période concernée	Durée du journal	Nombre d'entrées
III (p. 63-95)	33	2 mois	5 jours	3
IV (p. 99-133)	35	37 jours	27 jours	8
V (p. 134-150)	17	9 jours	9 jours	7

Le déséquilibre entre les « actes » III et IV traduit le passage du récit au journal. Il s'accroîtrait si, pour le IV, il était tenu compte des analepses qui assurent une soudure entre les deux cahiers, en comblant le vide de six mois laissé par l'arrêt du Premier cahier [1]. Au total, la représentation schématique de l'« étrécissement » temporel et de l'accélération du journal a dégagé clairement un effet de crescendo, adapté au sujet : une catastrophe. « Mais peut-être que je m'abuse » (*J*, p. 659), notait Gide, sitôt après avoir émis des craintes au sujet de « l'équilibre du livre »...

ENTRE VUE ET MORT : ACTE V

Au cinquième « acte », le temps de l'histoire et le temps de la narration se suivent de près, fusionnant presque dans

1. Voir plus haut, p. 51-62.

la conscience d'un diariste tendu vers le retour de Gertrude, c'est-à-dire vers l'avenir, plutôt que tourné vers le passé immédiat. C'est Gertrude qui le forcera cependant à un retour en arrière essentiel, directement lié à la catastrophe. Le verset fatal de saint Paul révélé par Jacques (*SP*, p. 146-147, « 29 mai ») et caché par le Pasteur (*SP*, p. 108, « 3 mai »), s'accompagne du rappel de la parole du Christ citée par le Pasteur : « Si vous étiez aveugle(s), vous n'auriez point de péché » (*SP*, p. 107, 146). Mais André Gide reprend aussi le mythe tragique d'Œdipe [1]. Après ce qu'il appelle « la longue nuit des quatre premiers [actes] [2] », Gertrude ne *voit* le jour que pour choisir la nuit définitive de la mort, qui renvoie le Pasteur à son aveuglement profond, à la nuit peut-être définitive d'une mort dans la vie. Son journal s'arrête sur le mot *désert*.

Au préalable, le Pasteur et la jeune fille auront été réunis en une quatrième et ultime grande scène dialoguée, répartie entre le dernier matin et le dernier soir. Les gestes et les corps ne réapparaissent que pour signifier la rupture : le Pasteur prend la main de Gertrude, qui bientôt la reprend pour lui caresser le front ; elle la dégage une seconde fois quand le Pasteur couvre cette main de baisers et de larmes. Elle ferme par deux fois les yeux comme si elle mimait le retour à la cécité première par la mort. Ainsi le drame sentimental est-il bien subordonné à la tragédie de l'aveuglement et de la connaissance. Mais la machine infernale est en place dès les premières lignes, dès qu'apparaît « cette âme pieuse, *qu'il me semble que* je *n'*ai fait sortir

1. Voir Roger Bastide, *Anatomie d'André Gide*, chap. II, « L'œil crevé » ; des extraits figurent au Dossier, p. 186-187.

2. Voir l'interview citée p. 62.

de la nuit *que* pour l'adoration et l'amour [1] ». Aussitôt que le Pasteur est entré en scène (d'écriture), les ponts sont coupés derrière lui, derrière elle. La gravité du propos est illustrée par la forme solitaire du journal. Bernanos la choisira pour son *Journal d'un curé de campagne*, et l'on ne s'étonnera pas de voir un saint et un imposteur ainsi rapprochés. Le masque seul les oppose radicalement. Au lecteur d'arracher celui du Pasteur.

III. LA COMMUNION MUSICALE

"MOINS PEINTRE QUE MUSICIEN"

Le livre était déjà rédigé aux deux tiers lorsque le titre en fut arrêté [2]. Pour autant, celui-ci ne se borne sans doute pas à traduire un contenu narratif – l'audition du concert à Neuchâtel – ni à induire le jeu de mots entre *Pastorale* et pasteur. Quelque trois mois avant d'entreprendre *La Jeune Aveugle*, l'auteur consigne dans son *Journal* cette remarque générale : « Moins peintre que musicien, il est certain que c'est le mouvement de préférence à la couleur, que je souhaitais à ma phrase. Je voulais qu'elle suivît fidèlement les palpitations de mon cœur » (*J*, p. 636). La couleur, absente de l'Évangile selon le narrateur (*SP*, p. 51), ne compte guère dans *La Symphonie pastorale*, où domine la blancheur protectrice du paysage enneigé. Le discours du narrateur semble lui-même blanchi d'abord par la candeur du propos, puis par une rhétorique subtile, comme sous une couche de bon

André Gide en 1896 à Biskra.

vouloir de moins en moins fiable. Le charme paradoxal de *La Symphonie* tient à l'ambiguïté du ton, déjà perçue par les lecteurs de 1919-20 : à ce que Robert Ricatte appelle une « dureté suave » (*EC*, p. CXXI). Le Pasteur joue la musique austère et douce, entre raison et résonances, d'un cœur qui longtemps ne sait pas vraiment qu'il palpite. De même qu'il s'est rapproché de Gertrude par l'audition de la *Pastorale* de Beethoven, il recherche dans tous les sens l'union des voix – c'est bien ce que signifie étymologiquement le mot *symphonie*. Sous les espèces du journal, il communie avec Gertrude et avec les destinataires possibles, avec le passé, avec le monde. Il prétend concilier les voix concordantes et discordantes qui se font entendre du dehors mais aussi du dedans. Comme en rêve, sa musique adoucit les cœurs. La symphonie joue sur la sympathie.

LA SONATE ÉVANGÉLIQUE

Au cours de ses entretiens avec Jean Amrouche, Gide reconnaît en 1949 « le rôle énorme que la musique a pu jouer dans [son] œuvre et dans [sa] vie [1] ». Il le fait à propos de son premier ouvrage publié, où se lit par exemple cette phrase : « En Français ? Non. Je voudrais écrire en musique » (*CAW*, p. 93). Il a dû rabattre de cette ambition et, de toute façon, on ne devait pas attendre de lui qu'il empruntât directement à la musique. Comment retrouver dans son récit les quatre mouvements que comporte en général la symphonie ? Et puis ce livre,

1. E. Marty, in *André Gide, Qui êtes-vous ?*, p. 148.

journal tenu par un homme, est composé en somme par un soliste. Aussi le terme de *sonate* a-t-il été utilisé par Albert Thibaudet [1] ainsi que par d'autres critiques [2]. Après tout, Gide lui-même ne se lassait pas de pratiquer le piano malgré les difficultés ! On a même voulu reconnaître dans cette symphonie un schéma tripartite de concerto, caractéristique des précédents récits gidiens : montée, palier, descente [3]... La rapidité du troisième mouvement – acte V selon le modèle tragique précédemment proposé – souligne le déséquilibre de la composition puisque la « montée » occupe l'ensemble du Premier cahier. Mais la forme de la sonate apporterait encore un éclairage plus précis, plus séduisant. À la fin de l'année 1916, André Gide étudie avec grand plaisir, grâce aux transcriptions de Liszt, les symphonies de Beethoven au piano (*J*, p. 584). Et, reprenant l'année suivante la *Sonate pathétique*, il va se mettre à mépriser ce qu'il appelle le « pathos » (*J*, p. 623, 624) de Beethoven ; le mot revient en 1921 (*J*, p. 704). Si l'« étrécissement [4] » se retrouve en effet dans la partie finale de ses récits, celui de *La Symphonie* fait magnifiquement éclater, à la fin de cette sonate évangélique que le Pasteur joue à Gertrude et se joue, la discordance entre le réel et le pathos.

LE CHARME DU MAUVAIS PASTEUR

À l'origine, la parabole du Bon Pasteur autorise et bénit l'adoption de l'aveugle (*SP*, p. 22, 39, 41). Mais cet écho tellement parfait de la fonction pastorale

1. *Réflexions sur le roman*, p. 124.

2. Tel P. Lafille dans *André Gide romancier*, p. 501.

3. Elaine D. Cancalon in *Techniques et personnages dans l'œuvre d'André Gide*, Minard, 1967, p. 18-19.

4. Voir Dossier, p. 162.

rendait un son un peu trop euphorique. L'admirable coïncidence des images et du langage devenait quelque peu suspecte en raison d'une prudence perceptible. Et comme ce narrateur était poli ! L'imposture, incontestable au fil du Deuxième cahier, transforme peu à peu le livre en parabole gidienne du mauvais pasteur. Aussi, les références bibliques, de loin en loin perdues, font-elles rétrospectivement de la symphonie une cacophonie.

Plus d'une fois, le thème positif emprunté aux Écritures est comme miné par un motif contraire. Au moment de la « transfiguration » de Gertrude, le bon pasteur a songé à l'ange qui venait agiter l'eau de « la piscine de Bethesda » (*SP*, p. 42), où guérissaient miraculeusement les infirmes [1] : étrange à-propos de l'allusion pour le lecteur qui a pris connaissance du dénouement !... Au retour du concert – d'où la Bible est absente – , la parabole du Bon Pasteur est comme confondue avec celle de l'enfant prodigue (*SP*, p. 61) : confondue ou, plutôt, supplantée ? À l'acte III, les références évangéliques principales étaient la condamnation de l'inquiétude, tant au bénéfice du Pasteur (*SP*, p. 65) qu'à celui de Gertrude (*SP*, p. 90) ; mais des citations équivoques les encadrent, illustrant par rapport à l'épouse la fidélité (*SP*, p. 64), par rapport à la jeune fille ce que Dieu cache aux « intelligents » (*SP*, p. 91).

La parole du Christ « Si vous étiez aveugle(s), vous n'auriez point de péché » (*SP*, p. 107) fonde aux yeux du Pasteur ce qui n'est autre que le sophisme stratégique du Deuxième cahier [2]. Rappelée

1. Voir le tableau des références scripturaires, p. 99-101.

2. Voir Dossier, p. 190-191.

par Gertrude après sa tentative de suicide, complétée par le verset de saint Paul : « Le péché reprit vie, et moi je mourus » (*SP*, p. 147), elle a fait basculer l'histoire sentimentale du côté de la tragédie. Mais Jacques avait déjà transcrit, de façon prémonitoire, un autre verset : « Ne cause point par ton aliment la perte de celui pour lequel Christ est mort » (*SP*, p. 113). Et le Pasteur évoquait le temps où son épouse paraissait le « guider vers la lumière » ; il ajoutait cette alternative : « ou l'amour en ce temps-là me blousait-il ? » (*SP*, p. 117). Il cachait à Gertrude le texte de saint Paul sur le péché afin de jouer un air qui lui convînt, mais l'aveuglement volontaire se retourne contre lui. La « voix si mélodieuse » de Gertrude se transforme en cri et en « murmure » (*SP*, p. 91, 147). L'harmonie a disparu, le charme s'est dissipé. Et une image se présente, empruntée à la peinture et non à la musique. Dans *la Parabole des aveugles* de Bruegel, deux aveugles tombent dans la rivière. Mais « tant vaut l'homme, tant vaut la soif » (*CAW*, p. 29) et le Pasteur aux yeux secs se découvre un cœur « plus aride que le désert » (*SP*, p. 150). Sa sonate évangélique n'était que triste sornette.

BEETHOVEN, PALPITATIONS ET RELIGION

Reste la question des autres rapports qui uniraient le récit à l'œuvre musicale annoncée par le titre. Le narrateur semble viser l'aspect technique de l'apprentissage possible lorsqu'il écrit : « On y jouait

précisément *La Symphonie pastorale* »
(*SP*, p. 55). Gertrude pourrait progresser
grâce à une nouvelle approche compara-
tive des mondes visuel et sonore. Or il a
éprouvé combien toute comparaison de ce
genre est « boiteuse » (*SP*, p. 54). Et
surtout, Beethoven n'a pas voulu composer une musique descriptive, bien que sa
symphonie appartienne au genre de la
musique dite « à programme ». Sur la
partition il a inscrit : « Symphonie
pastorale ou souvenir de la vie champêtre
(plutôt expression de la sensation que
peinture [1]) ». Il s'inspire donc du souvenir
et non de la sensation elle-même. Et les
sensations se ramènent à « l'impression
subjective d'euphorie physique et morale,
que Beethoven demandait à la nature [2] ».
En réalité, par l'audition de la *Pastorale*,
Gertrude ne progresse pas dans le domaine physique mais au niveau métaphysique. Elle découvre un monde idéal
au-delà de la réalité contingente. En quoi
elle rejoint le propos de la *Symphonie*
évoqué par le musicien : « Elle est l'appel
émouvant au contact des choses de la
nature. De cette nature surgit un élément
plus profond : cette sensation réconfor-
tante d'une divinité immanente qui unit
à la palpitation de l'univers l'âme de
l'homme par un courant de vie [3] ».
Palpitations se trouvait dans le *Journal* du
3 novembre 1917 [4]. Sur le mode lyrique,
La Symphonie pastorale traite conjointement l'intrigue sentimentale et la problé-
matique religieuse. Aussi Gide ne
s'éloigne-t-il pas de l'œuvre de Beethoven, si l'on s'en rapporte à la conclusion
du musicologue Stefan Kunze : « La

1. In Jean Chan-
tavoine, *Les Sym-
phonies de Beetho-
ven*, p. 162.

2. *Ibid.*, p. 192.

3. Cité dans l'ar-
ticle de C. Blot-
Labarrère, p. 16.
Voir notre biblio-
graphie.

4. Cité plus haut,
p. 72.

rencontre du sujet avec l'Autre qui culmine dans le concept de nature, cette rencontre habitée par une imagination contemplative et tout à la fois active, est le thème majeur de *La Symphonie pastorale* [1] ». De la conversation ambulatoire de Neuchâtel au dialogue de l'agonie en passant par les deux promenades champêtres dialoguées, Gertrude entreprend en somme de répondre à la question éludée par le Pasteur : « Je voudrais savoir si je ne... comment dites-vous cela ?... si je ne détonne pas trop dans la symphonie » (*SP*, p. 59). Et toute la tragédie s'annonce par l'interrogation complémentaire : « À qui d'autre demanderais-je cela, pasteur ? » La jeune fille mourra de rencontrer en Jacques un interlocuteur autre. Il n'est pas jusqu'à la dérive rousseauiste implicite du Pasteur – du côté du déisme et de la morale de la *Profession de foi du vicaire savoyard* – qui ne trouve une correspondance avec le sentiment beethovénien de communion avec le monde et de religiosité diffuse. Sur le plan esthétique, Beethoven avait d'ailleurs abandonné l'idée de conclure sa symphonie, comme un oratorio, par un chœur à la louange du Seigneur, afin de « laisser chanter seulement la musique pure [2] ». De même André Gide économise-t-il couleur et description. La stylisation extrême laisse mieux entendre les palpitations d'un cœur double.

1. Beethoven, *Symphonien 5 & 6 « Pastorale »*, Disque compact, Deutsche Grammophon, Livret, p. 11.

2. Jean Chantavoine, *Les Symphonies de Beethoven*, p. 193.

CHOPIN, PASTORALE ET DESTIN

Un commentateur, à partir d'une coïncidence biographique, a proposé une référence musicale qui semble nous éloigner

« Elle se tut et son visage prit une expression très grave dont elle ne se départit plus jusqu'au retour. »
O. Redon : *Les yeux clos*. Musée d'Orsay, Paris. Ph. © R.M.N.

1. Roman Wald-Lasowski, « *La Symphonie pastorale* », *Littérature*, mai 1984, p. 100-120.

de Beethoven [1]. En juin 1914, André Gide note dans le *Journal* qu'il reçoit par un colis de la N.R.F. tout un lot de partitions ; parmi elles figurent les *Symphonies* de Beethoven transcrites par Liszt et l'œuvre complet de Chopin (*J*, p. 418). On remarquera qu'il est alors préoccupé par un handicap de la main, gênant pour sa pratique du piano, et que surtout, il en est au début de la période d'infécondité littéraire qui le mènera des lendemains des *Caves du Vatican* à *La Symphonie pastorale*. Il paraît séduisant de supposer qu'il a pu se souvenir du *Prélude en la mineur* de Chopin, si l'on s'en rapporte au commentaire qu'il donnera de cette partition. On y trouve l'opposition entre un aspect pacifique et un aspect fatal, mais aussi, l'accentuation d'une dissonance :

« La partie supérieure (disons pour plaire à certains : le chant), très simple, très calme, n'a rien en elle-même qui ne puisse aboutir à la paix, à l'harmonie ; mais la basse poursuit sa marche fatale, sans souci de la plainte humaine. Et de ce désaccord, disons, si vous voulez : entre l'homme et la fatalité, naît une angoisse que je ne sache pas que la musique ait jamais, auparavant ou plus tard, mieux exprimée. Cette basse fatale est composée elle-même de deux voix, qu'il importe que l'exécutant maintienne constamment très distinctes ; l'une enjambant par-dessus l'autre, par un grand écart de dixième et de onzième, l'autre hésitant sans cesse, et souvent comme tâtonnant entre le majeur et le mineur [2]. »

2. André Gide, *Notes sur Chopin*, p. 26-27.

3. *Ibid.*, p. 28.

Mais ce tâtonnement nous ramène à Beethoven, ne serait-ce que par la forme conflictuelle : « Il semble que le haut et le bas soient en lutte » [3]. Et surtout, le musicien a composé en fa *majeur* sa sixième symphonie, parallèlement à la Cinquième en ut *mineur*, dite « du destin ». Des analogies de style trahissent, au-delà de l'opposition, une simultanéité où se manifestent deux réponses complémentaires. Dans la *Pastorale*, écrit Chantavoine, il « reste spectateur : il ne se mêle pas à la ronde et ne tient pas tête aux éléments, alors que dans la symphonie en ut mineur, il finissait par terrasser le Destin qui, d'abord, l'avait pris à la gorge [1]. Le mélodieux malaise créé par Gide inverserait, en somme, l'inspiration des deux symphonies en illusion pastorale et destin vainqueur. Les harmonies troubles du Pasteur, d'abord spectateur d'un passé édulcoré, se transforment irrémédiablement dans la perspective d'un tragique qui finalement éclate.

1. *Les Symphonies de Beethoven*, p. 196.

VARIATIONS AU BORD DE L'EAU

Bien que la division du journal en deux cahiers exclue toute homologie simple de structure avec la *Pastorale*, on peut toutefois rêver. La sixième symphonie a cette originalité de comporter cinq mouvements au lieu de quatre ; et le second, seul à être cité (« *Scène au bord du ruisseau* », *SP*, p. 56) prend place précisément au second acte du modèle tragique tel que nous l'avons étudié à partir d'une déclaration de l'auteur. Etrange coïncidence que cette symétrie ! Car cet acte apparaît comme le développement en andante du thème final de l'acte précédent : « un sourire » (*SP*, p. 42). Dans ses *Notes sur Chopin*, Gide parlera de « l'ineffable sourire de la scène au bord

1. *Notes sur Chopin*, p. 12.

2. Voir l'iconographie, p. 54.

3. *SP*, p. 140. C'est nous qui soulignons.

du ruisseau dans la *Pastorale* de Beethoven [1] »... Au dénouement du récit, telle Ophélie [2], Gertrude va « marcher le long de la rivière » (*SP*, p. 139) avant d'y plonger ; le Pasteur découvre « un *sourire* qui semblait *ruisseler* de ses yeux sur son visage comme des larmes [3]. Il est aisé d'imaginer que les variations au bord de l'eau et le dispositif tragique concourent à des effets de sens et d'harmonie. Dès le début s'opposent la neige isolatrice pour le narrateur et le cours d'eau de l'aventure pour le personnage : « La route suivait le cours d'eau qui s'en échappait, coupant l'extrémité de la forêt, puis longeant une tourbière. Certainement je n'étais jamais venu là » (*SP*, p. 13). L'axe du bonheur et de l'échec semble reposer sur les figures aquatiques, eaux de la quiétude et de la naissance, eaux de l'angoisse et de la mort, mais toujours eaux d'un mouvement.

Avant que Gertrude, sur les rives de la mort, n'accède par la vue au pouvoir de révéler la vérité, le narrateur mène un voyage euphorique en écriture, longtemps rassuré par le miroir du journal. Ainsi la piscine de Bethesda représente-t-elle sans doute, à la fin de l'« acte » premier, l'aspect dynamique d'une naissance pour la jeune aveugle, que Charlotte a baptisée Gertrude. Mais ce pasteur au cœur « inondé » (*SP*, p. 41) contemple sa « statue » (*SP*, p. 42) à la fois en Pygmalion et en Narcisse, car l'homme mûr se contemple en cette adolescente par laquelle il est séduit. Il va naître par les questions de l'infirme à une forme de pensée, forcé par elle à « réfléchir » (*SP*, p. 47). Le diariste tente de fixer sur l'eau immobile du journal une image complaisante alors que Gertrude, eau vive, ne cessera d'aller de l'avant dangereusement. On distingue mal si le Pasteur s'éprend avec passion de la forme née de ses doigts ou bien s'il aime en elle une image rêvée de lui-même, revenu à l'innocence première qu'il suppose à la jeune fille. Il fait « sans cesse à travers elle » (*SP*, p. 54) l'expérience d'une découverte du monde mais aussi de lui-même. Mais ces échanges entre maître et élève se déséquilibrent par le fait des progrès de Gertrude, capable de tout comprendre. Aussi ce pasteur qui se voile la vue doit-il « relire l'Évangile avec un œil neuf » (*SP*, p. 104). Et il prétendra, sans savoir combien il a raison, que la jeune fille l'emporte sur le maître en matière de sagesse : « Le seul sourire de Gertrude m'en apprend plus là-dessus que mes leçons ne lui enseignent » (*SP*, p. 107). Il lui reste à s'enchanter de « l'harmonie » (*SP*, p. 120) exhalée par la danse de petites aveugles, guidées par Gertrude et par Louise à *La Grange*. Il s'y invente un espace musical auquel n'accède pas Amélie, auquel il assimile Louise. Ainsi trouve-t-il en elle un double de Gertrude. Et il peut se mirer en leur lisant Lamartine ou Hugo : « Qu'il m'est doux de contempler dans leurs deux âmes limpides le reflet de cette poésie ! » (*SP*, p. 119). Mais qu'ils se promènent seul à seule et voici le Pasteur et Gertrude au bord de l'abîme, près de « tous deux rouler à terre » (*SP*, p. 129). Le voyage ne peut que se terminer mal.

Un premier paroxysme avait été atteint à la fin du Premier cahier, qui est celle aussi de l'acte III. Gertrude y évoque le paysage sans voir, comme si elle se substituait au musicien qui chantait la nature sans entendre. Elle semble composer à son tour une « scène au bord du ruisseau », en progrès sur celle du Pasteur. Elle lit sur « le pupitre de la montagne » un texte presque prémonitoire : « Au bas du livre, je vois un grand fleuve de lait fumeux, brumeux, couvrant tout un abîme de mystère, un fleuve immense, sans autre rive que là-bas tout au loin devant nous, les belles Alpes éblouissantes... C'est là-bas que doit aller Jacques » (*SP*, p. 93). Après l'audition de la *Pastorale*, elle restait comme « noyée dans l'extase » (*SP*, p. 55), parce que l'imaginaire harmonieux d'un monde idéal, tant qu'elle n'a pas été opérée, existe plus fortement que la réalité. Face à elle-même, elle ne pourra voir un reflet vrai et à la fois rêvé du monde, à la différence du musicien que l'on a dessiné dans cette posture plume et papier aux mains, écrivant sa *Pastorale* [1]. Déjà Gertrude est immergée, elle a choisi un autre baptême. Son incapacité de voir, fatale parce qu'en sursis, développe toutes les harmoniques du dilemme cécité-vue : jour / nuit, blanc / noir, beauté / mensonge, nature / loi, désir / chasteté, innocence / péché, vie / mort. Sa scène hors du ruisseau devient celle de la plus grande « soif » (*SP*, p. 148), la soif d'une expiation et d'un salut. Le voyage de cette Ophélie commence, ses cheveux sont peut-être encore « mêlés aux myosotis » (*SP*, p. 143). Tout s'arrête pour le Pasteur au désert. « De loin, Narcisse a pris le fleuve pour une route [2]... » Le Pas-

---

[1]. Voir la lithographie, p. 54.

[2]. *Le Traité du Narcisse, Romans*, p. 4 ; *Voyage d'Urien* est de 1893.

teur a fait lui aussi, à sa manière, le voyage
du rien.

III   IRONIE

I. POLYPHONIE

UNE BLUETTE INSTRUCTIVE

1. Voir Dossier,
p. 175.

Qualifiée d' « historiette édifiante [1] » par
Henri de Régnier en 1920, *La Symphonie
pastorale* reste souvent prise pour une
belle histoire émouvante. À propos de son
accueil au Japon – d'où vient la première
adaptation cinématographique (1938) – ,
Auguste Anglès la disait perçue là-bas
comme une œuvre « pleine de grâce, de
pudeur, de bons sentiments, qu'il est bon
de faire lire aux jeunes filles avant qu'elles
se marient » (*EC*, p. CXLIII). Les voix
nombreuses et discordantes qui se sont
fait entendre démontrent la liberté durable du texte et le pouvoir équivoque
de l'ironie, présente dès le titre. Deux
grandes tendances opposées partagent le
public. Certains lecteurs adhèrent aux
propos du Pasteur et admettent par
empathie les errements du personnage,
qu'ils se représentent en victime : victime
sans doute de lui-même et d'une dérive
religieuse ou d'un entraînement pas-
sionnel, mais, en cela même, victime. Une
telle interprétation n'est pas radicalement
incompatible avec l'intention critique
revendiquée par l'auteur. Au seuil de
Paludes, Gide écrivait déjà : « *Attendons*

de partout la révélation des choses; du public, la révélation de nos œuvres » (*P*, p. 11) ! Le Pasteur croit et veut bien faire. Jusqu'à quel point ne se trompe-t-il pas malgré lui, même lorsqu'il trompe sciemment ? Son échec, sanctionné par la mort de Gertrude, n'est nullement un crime : il lui eût fallu l'intention de nuire. Le lecteur de bonne foi peut compatir, d'autant mieux s'il ne prétend pas posséder de vérité définitive, ce qui d'ailleurs est une part du message gidien.

RISQUES DE L'IRONIE

La fatalité, l'obstination du Pasteur, le malheur de ses proches, bien d'autres aspects accablants vont à l'encontre de cette lecture lénifiante. Elle ravale le récit au rang de triste fait divers ou d'histoire mélodramatique ; et notre essai a écarté cette conception appauvrissante d'un texte univoque. La pluralité des fonctions narratives et des rôles humains du Pasteur constituent un avertissement suffisant. Il faut alors citer, issu d'un autre texte rattaché à *Paludes*, le principe esthétique annoncé par la « Postface pour la deuxième édition » en 1895 : « J'aime aussi que chaque livre porte en lui mais cachée, sa propre réfutation et ne s'assoie pas sur l'idée, de peur qu'on n'en voie l'autre face » (*Romans*, p. 1479). C'est bien parce que *La Symphonie pastorale* ne cède pas au didactisme que le public se divise ou oscille entre deux visions divergentes. Cette hésitation tient à l'ambiguïté de la posture fondatrice choisie par l'auteur : l'ironie. Lorsque, dans l'épître dédicatoire des *Caves du Vatican*, il définit ses livres comme « *ironiques* (ou critiques, si vous le préférez) » (*Romans*, p. 679), il admet implicitement, par le correctif de la parenthèse, toute la difficulté que posent à la fois leur interprétation et le problème général du statut de l'ironie. Rien de plus incertain que cet acte de communication puisqu'il ne trouve son accomplissement que par la complicité du destinataire ou lecteur, accédant ou non à un langage de tension et d'intention particulières. En outre, d'une culture à l'autre, d'un individu à l'autre, le phénomène varie. Pour se réaliser, il réclame de ses participants la connaissance de normes et la maîtrise commune de codes : des *compétences* permettant de comprendre des énoncés complexes, d'identifier les genres de discours, de repérer les systèmes de valeurs éthiques et esthétiques, d'appréhender les données de l'énonciation.

Si une lecture « douce », naïve de *La Symphonie* se fût avérée impossible, l'ironie même eût été absente puisque l'ambiguïté lui est consubstantielle. En fonction de ce que disait Gide, nous avons adopté une interprétation critique qui nous a fait intégrer l'ironie à nos propos, avec une insuffisante rigueur, tant la complicité appelée par cette posture entraîne une pratique de simulation. Il reste donc à examiner un fonctionnement général et particulier, afin d'expliciter ce que l'étude de la construction suggérait déjà. Ainsi se vérifiera la cohérence et se confirmera la formule : « L'idée de l'œuvre, c'est sa composition » (*J*, p. 49).

« Mais je me laisse aller à noter ici ce qui ferait plutôt le sujet d'un sermon (Matt., XII, 29 : "N'ayez point l'esprit inquiet"). » Extrait du film : *La Symphonie pastorale.* Film de Jean Delannoy, d'après l'œuvre d'André Gide. Avec : Pierre Blanchard.

Ph. Cinémathèque française.

« Le soleil se couchait dans une splendeur exaltée. L'air était tiède. Nous nous étions levés et tout en parlant nous avions repris le sombre chemin du retour. » Couverture de Roger Pérot pour *La Symphonie pastorale.* Coll. Succès « Isabelle ». Gallimard 1932. Archives Ed. Gallimard.

5fr.

ANDRÉ GIDE

LA SYMPHONIE PASTORALE

ISABELLE

COLLECTION SUCCÈS

Pour comprendre le projet de Gide, il faut aussi voir comment il définit le mieux ce qu'il entend par le « mensonge à soi ». Il le fait dans le *Journal des Faux-Monnayeurs* à propos de l' « esprit faux » : « celui qui éprouve le besoin de se persuader qu'il a *raison* de commettre tous les actes qu'il a envie de commettre ; celui qui met sa raison au service de ses instincts, de ses intérêts, ce qui est pire, ou de son tempérament [1] ». Tel est bien le cas du Pasteur, sous la plume duquel reviennent souvent les termes *me persuader* et *raison*. La stratégie littéraire de Gide consiste à jouer sur les sources polyphoniques [2] de l'expression pastorale. Le journal du Pasteur est pénétré de phénomènes rhétoriques, intertextuels, génériques, qui minent le langage et le mettent à distance. Ainsi, le lecteur est invité au spectacle verbal, l'ironie pouvant se définir à la fois comme « un théâtre de la parole » et « un art de la distance [3] ».

1. Voir Dossier, p. 165.

2. Voir Dominique Maingueneau, *Éléments de linguistique pour le texte littéraire*, Bordas, 1986, reprenant O. Ducrot, *Le Dire et le Dit*, Minuit, 1984, chap. 8.

3. Voir l'essai de synthèse proposé par Philippe Hamon dans *Le Grand Atlas des Littératures*.

II. LA FIGURE PASTORALE

LA BONNE PARABOLE

Au début de son journal, le Pasteur se soumet à Dieu et se réjouit que Sa volonté soit faite. Dans cette action de grâces, l'éducation de Gertrude est une « tâche » que lui a confiée le « Seigneur » (*SP*, p. 12). Mais des glissements progressifs laissent percer une vérité quelque peu différente : l'oscillation entre cette investiture spirituelle et la réalité d'un investissement personnel. Le caractère rétrospectif du récit favorise un tel flottement. Et la dispersion des informations s'accompagne d'une correction de point de vue, d'une insensible mise au point. Le narrateur a rencontré « une sorte d'obligation » (*SP*, p. 16), affirme-t-il. Mais il associe alors à sa décision le spectre de la lâcheté autant que l'appel divin. Voici pourtant ce pasteur, dès son retour chez lui, transformé par ses soins en Bon Pasteur, comme sa parole en Parole : « Je ramène la brebis perdue, dis-je avec le plus de solennité que je pus » (*SP*, p. 22). Il semble forcer le jeu. Toutefois, après avoir éprouvé quelque peine à entrer dans le rôle, il y réussira parfaitement. Sans doute l'homme charitable est-il secondé par le diable, ce qui s'accorderait avec l'expérience de cette « année de guerre », écrit Gide en 1916, « où, m'étant donné tout entier à une œuvre d'assistance, sur ce fond de philanthropie la figure du Malin pouvait m'apparaître plus nettement [1] ». La crise de 1916 lui a fait admettre la part du diable. On n'a pas fini de la reconnaître dans *La Symphonie*.

1. *J.*, p. 608. Voir Dossier, p. 148-150.

LA SYMPATHIE PROVIDENTIELLE

Variations et coups d'archet aident le Pasteur à se représenter et se rêver à travers la parabole évangélique. Cette tactique lui sert par avance à autoriser les soins prodigues. Mais, là encore, la contradiction subtile fait office de signal ironique adressé par le texte au lecteur. Le Pasteur montrait d'abord une belle honnêteté en s'interdisant comme « mal-séant » le recours à des « *paroles du Christ* » (*SP*, p. 23) ; de cette honnêteté il faisait une disposition constante (« toujours malséant »). Or le handicap méritoire qu'il s'infligeait se trouve bientôt, comme par hasard, largement compensé par l'inspiration appropriée : « Bref, *Dieu* mit dans ma bouche *les paroles qu'il fallait* » (*SP*, p. 24). Ce hasard ne se manifeste-t-il pas – comme plus tard pour le concert de Neuchâtel – « *providentiellement* [1] » ? Et le Pasteur revient sur ce qu'il aurait pu dire à ses enfants pour les apitoyer, rêvant certain unisson des âmes autour de sa magnanimité. *La Symphonie* en appelle à « leur sympathie pour celle que Dieu nous invitait à recueillir » (*SP*, p. 27). L'usage de *sympathie* entre en résonance ironique avec le titre du récit ; Gide avait eu l'occasion de la percevoir comme « ruineuse [2] » au moment de sa crise religieuse de 1916-17. Le narrateur préci-sait : « J'aurais voulu raconter mon aventure » (*SP*, p. 26). L'aventure du Bon Pasteur, certainement ! Mais le texte, selon un mouvement caractéristique de la posture ironique, tend à l'inverser en mésaventure du mauvais pasteur. Tel est bien le message implicite.

L'entourage familial accueille l'aveugle, en dépit de l'hostilité de la femme du Pasteur, dont l'attitude est pourtant trai-tée contradictoirement. Elle avait aussitôt prétendu minimiser « l'événement » (*SP*, p. 25 et 27) ; et les faits suivants, depuis deux ans et demi, ont pu changer le sens de ce qui n'avait été pour le Pasteur ni spontané ni intime... Il reste que, non

1. *SP,* p. 61. C'est nous qui soulignons.

2. *J,* p. 603. Voir plus haut « La cinquantaine et la "sympathie" », p. 22-24.

seulement, sa décision morale s'est renforcée, voire acquise par l'opposition d'Amélie (« ces récriminations m'avaient instruit sur mon devoir » *SP*, p. 24), mais, inversement, la réalisation est venue par la collaboration et même l'initiative de l'épouse : « Je puis presque dire que c'est Amélie qui d'abord m'en suggéra l'idée » (*SP*, p. 23). C'est elle qui transforme un hébergement provisoire en adoption ! La rhétorique justificative du Pasteur institue l'ironie, dans la mesure où elle est rongée par des modalités contradictoires. L'hostilité d'Amélie en devient sympathie inespérée.

LE TRIOMPHE D'AMÉLIE

Au long de son journal, le Pasteur distille des formules qui disqualifient subtilement son épouse. Mais celle-ci est en fait sauvée de ce dénigrement sournois : le lecteur, aimanté par l'ironie, récuse un narrateur dont il voit bien le monopole abusif. Amélie s'avère capable de causticité, parce qu'elle voit clair dans le jeu du Pasteur. Et, comme Gertrude, elle lance des avertissements qui ne suffiront pas à dessiller les yeux de son mari. Elle met ainsi à jour l'inversion ironique fondatrice (cécité des voyants / vision des aveugles) : « Que veux-tu, mon ami, m'a-t-elle répondu l'autre jour, il ne m'a pas été donné d'être aveugle » (*SP*, p. 114). Le statut d'*ironisant,* délégué à un personnage, décentre et renforce l'ambiguïté de la communication ironique. Celle-ci est explicitée dans la mesure où le narrateur est amené à un surcroît d'aveuglement égocentrique et de pharisaïsme : « Ah ! que son ironie m'est douloureuse, et quelle vertu me faut-il pour ne point m'en laisser troubler ! » (*SP*, p. 114). L'apparition du mot même d'*ironie* constitue à l'adresse du lecteur l'une des marques qui l'avertissent de ne pas prendre le message du Pasteur dans son sens explicite. Exhibée à propos d'Amélie, l'ironie fonctionne non seulement aux dépens du personnage de l'histoire, mais à ceux du narrateur : à travers le tour exclamatif et la déclaration complaisante. Car, au fil du Deuxième cahier, le lecteur ne peut plus croire à la bonne foi du Pasteur. Elle était d'ailleurs contestée, dès le Premier cahier, par l'unique autre occurrence du mot *ironie* (*SP*, p. 73) qui mettait Jacques sous la domination abusive de son père.

La plainte et la tristesse forment le thème essentiel d'Amélie. Elles l'identifient même comme un personnage anti-évangélique aux yeux du Pasteur. Lorsqu'il se réfère pour la première fois à la parabole, il l'oppose aussitôt à l'esprit de sa femme : « Mais Amélie n'admet pas qu'il puisse y avoir quoi que ce soit de déraisonnable ou de surraisonnable dans l'enseignement de l'Évangile » (*SP*, p. 22). Amélie ne pratique pas la bonne lecture du texte sacré : celle que pratique son mari... Il pourra ainsi la disqualifier en tant que lectrice éventuelle du journal, tout en montrant aussitôt à son égard l'exercice d'une charité littéralement pastorale : « (Le pardon des offenses ne nous est-il pas enseigné par le Christ immédiatement à la suite de la parabole sur la

brebis égarée ?) » (*SP*, p. 39). La parenthèse transforme d'ailleurs Amélie en
brebis perdue. L'aspect faussement théologique permet de confondre intérêt du
ciel et intérêt personnel, foi religieuse en
Dieu et confiance en une méthode d'éducation : « Oui, c'est ce manque de foi qui
me peinait ; sans me décourager du reste »
(*SP*, p. 40). Le Pasteur se préoccupe du
salut de son épouse, par exemple
lorsqu'elle ne communie pas le jour de
Pâques : « Et de retour à la maison je
priai pour elle dans toute la sincérité de
mon cœur » (*SP*, p. 103). Le lecteur ne
peut prendre au sérieux cette *sincérité*
quand le narrateur vient d'avouer qu'il
découvre son amour pour Gertrude.
« Oui, je voudrais soulever chacun jusqu'à
Dieu » (*SP*, p. 114) affirmera-t-il après
avoir constaté combien « la pauvre Amélie » est peu apte au bonheur tel qu'il le
conçoit. Quels que soient les efforts du
narrateur, le texte tend précisément à faire
apparaître le Pasteur en brebis perdue :
autre écart de l'ironie.

Femme des « soucis, récriminations »
(*SP*, p. 115), Amélie occupe une situation
décisive dans la mise à jour des significa-
tions, puisque son mari ne parvient pas
à se débarrasser d'elle. On remarque son
insistance à la caractériser par « les soucis
de la vie matérielle, et j'allais dire la
culture des soucis de la vie (car certainement Amélie les cultive) » (*SP*, p. 116).
Faut-il faire appel à l'onomastique ? En
tout cas, l'étymologie de ce prénom
d'origine grecque donne pour sens « celle
qui ne se soucie pas » ; et la contradiction
entre le prénom et le personnage a valeur

ironique. Mais finalement, la dernière page inverse l'orientation étymologique. Car le Pasteur y confie à Amélie le souci de son âme, agenouillé près d'elle, « lui demandant de prier » et « ayant besoin d'aide » (*SP*, p. 150). *La Symphonie pastorale* n'est pas pour autant le triomphe d'Amélie ou, si elle l'est, ce ne peut être sans dissonance. Le désaveu infligé au Pasteur, immoraliste inconséquent, joue également pour Amélie. Le dénouement est retour à la routine conjugale qui n'a cessé d'apparaître comme la vérité dérisoire de ce couple.

LA PARABOLE FILÉE

En sa qualité de ministre du culte et de praticien de la Bible, le narrateur semble, face à son épouse, si bien possédé par la parabole que son texte même est comme possédé par elle. Ainsi, les hauteurs sur lesquelles il est amené à trouver l'infirme peuvent renvoyer aux montagnes de saint Matthieu [1]. De même, à la fin du Premier cahier, le second dialogue avec Gertrude a lieu dans un paysage montagneux. Mais deux variations complémentaires viennent figurer le malaise du Pasteur. Lorsqu'il critique sa femme, au retour du concert, pour son « refus de comprendre que l'on fête l'enfant qui revient » (*SP*, p. 61), il glisse de la parabole du Bon Pasteur à celle de l'Enfant prodigue, qui la jouxte dans le texte de saint Luc [2]. S'il représente ainsi Gertrude, ne se représente-t-il pas lui-même, au moins par le lapsus ? Tout se passe comme s'il avait lui-même voulu *partir* et, incapable de le faire, être

1. Voir Dossier p. 152, et le tableau des références scripturaires, p. 99-101.

2. De Luc, xv, 4-7 à Luc, XV, 11-32.

néanmoins fêté à son retour. Hypothétique, ce lapsus est confirmé par un autre, réel celui-là, où réapparaît Amélie. Le Pasteur oublie de « lui rapporter une boîte de fil » (*SP*, p. 64). Pour s'en expliquer, il ne lui faut pas moins d'une page et de deux autres passages des Écritures, dont la formule de Matthieu : « (Matt., XII, 29 : "N'ayez point l'esprit inquiet") ». Or ici se prépare la seconde variation, qui prendra place, elle, dans le dialogue final du Premier cahier et qui porte elle aussi sur le souci, thème d'Amélie (*SP*, p. 90-91). Voici complétées les citations fragmentaires de Gertrude, restituées de façon continue dans le texte de saint Luc : « *Si donc les plus petites choses mêmes passent votre pouvoir, pourquoi vous inquiéter des autres ?* Regardez les lis, *comme ils ne filent ni ne tissent.* Or, je vous le dis, Salomon lui-même, dans toute sa gloire n'a pas été vêtu comme l'un d'eux [1] ». La dérive des Écritures sacrées est assurément l'une des voies qu'emprunte ce récit critique.

De même est-il possible de retrouver à la fin de *La Symphonie pastorale* le paysage de la parabole du Bon Pasteur selon la version de saint Luc : le désert. Et la conclusion du texte évangélique se referme ironiquement sur le narrateur désespéré, en conciliant l'accueil joyeux de l'enfant prodigue et la célébration du pécheur repenti : « C'est ainsi, je vous le dis, qu'il y aura plus de joie dans le ciel pour un seul pécheur qui se repent que pour quatre-vingt-dix-neuf justes qui n'ont pas besoin de repentir » (Luc, XV, 7).

1. Nous soulignons ce qui est absent du récit : *La Sainte Bible*, Éditions du Cerf, 1956 ; Luc, XII, 26-27. (C'est cette traduction que nous citerons.)

« Mais, par peur de l'amour encore, j'affectais de ne plus parler avec elle de rien qui nous pût émouvoir. Je ne lui parlais plus qu'en pasteur... »
Thorn-Prikker. *La fiancée du Christ.* Musée Kröller-Müller. Otterlo. Ph. du Musée.

Citations, références et allusions scripturaires

Relevé *La Symphonie pastorale*				Description *(La Sainte Bible, éd. du Cerf, 1955)*	
Ed. Folio	Citation	Référence	Allusion	Référence	Titre du passage
22			« la brebis perdue »	Matt., XVIII, 12-14 Luc, XV, 3-7	La brebis égarée La brebis perdue
39			« le pardon des offenses »	Matt., XVIII, 21-22	Pardon des offenses
40	« Si un homme »			Matt., XVIII, 12	La brebis égarée
41			« la piscine de Bethes-da... l'ange »	Jean, V, 2-4	Guérison d'un in-firme à la piscine de Bézatha
51			« nulle part question de couleurs dans l'Évangile »	Voir *EC*, p. 43 (Claude Martin) et Dossier, p. 175	
61			« l'on fête l'enfant qui revient »	Luc, XV, 11-32	Le fils perdu et le fils fidèle : « l'enfant prodigue »
64	« Celui qui est fidèle »			Luc, XVI, 10	Le bon emploi de l'argent
65	« Matt. XII, 29 : "N'ayez point l'esprit inquiet" »			Matt., VI, 25 Luc, XII, 29	S'abandonner à la Providence
90	« Regardez les lys des champs »			Luc, XII, 27	S'abandonner à la Providence
91	« Et je vous dis en vérité »			Matt., XI, 25	L'Évangile révélé aux simples. Le Père et le Fils
92	« Je te rends grâces »			Luc, X, 21	L'Évangile révélé aux simples. Le Père et le Fils.

106	« Si vous ne devenez semblables »		Matt., XVIII, 3	Qui est le plus grand ?
107	« Si vous étiez aveugles »		Jean, IX, 41	Guérison d'un aveugle-né
108	« Dieu est lumière »		Iʳᵉ ép. Jean, I, 5	Marcher dans la lumière
108	« Je suis la lumière »		Jean, VIII, 12	Jésus lumière du monde
108	« Le péché... » (Rom., VII, 13) (= paraphrase)		Paul, Rom., VII, 13	Le rôle de la loi
108		« et toute la dialectique »	Paul, Rom., VII, 14-25	La lutte intérieure
111	« Que celui... » (Rom., XIV, 2)		Paul, Rom., XIV, 3	Charité envers les « faibles »
112	« Je sais »		Paul, Rom., XIV, 14	Charité envers les « faibles »
112	« Si ton œil »		Matt., V, 29	La justice nouvelle supérieure à l'ancienne
			Matt., XVIII, 9	Le scandale
			Mc., IX, 47	Le scandale
112		« multiplication des pains »	Matt., XIV, 13-21	Première multiplication des pains
			Matt., XV, 32-34	Seconde multiplication des pains
			Mc, VI, 30-34	Première multiplication des pains
			Mc, VIII, 1-10	Seconde multiplication des pains
			Luc, IX, 12-17	Retour des apôtres et multiplication des pains
			Jean, VI, 1-15	La multiplication des pains

112			« Miracle aux noces de Cana »	Jean, II	Les noces de Cana
112	« Mais si, pour un aliment »			Paul, Rom., XIV, 15	Charité envers les « faibles »
113	« Ne cause » (Rom., XIV, 6)			Paul, Rom., XIV, 15	Charité envers les « faibles »
146	« Si vous étiez aveugle »			Jean, IX, 41	Guérison d'un aveugle-né
146	« Pour moi, étant autrefois sans loi »			Paul, Rom., VII, 9-10	Le rôle de la loi

III. MAIN BASSE SUR LA BIBLE

LA BIBLE ET LE LIVRE

Le narrateur évoque ses fonctions de ministre du culte à La Brévine, dès les premières lignes du journal, c'est-à-dire en un lieu hautement stratégique, celui où s'établit le pacte de lecture. Il n'est d'autre préambule, à l'égard du destinataire éventuel, que cette évocation du ministère protestant au quotidien. Principal personnage du récit, le narrateur ne livrera d'ailleurs jamais de lui ni prénom ni nom. L'abondance des scènes et du discours direct le lui aurait pourtant permis, aurait même pu l'y contraindre. Mais ce pasteur demeurera « le » Pasteur comme s'il se confondait avec l'idée même de pasteur. Cette absence d'état civil précis donne au titre du livre un degré de pertinence ironique d'autant plus élevé. L'œuvre de

Beethoven appartenant à la culture commune, l'emprunt du titre renvoie presque directement au journal du Pasteur *comme à un livre* harmonieux qu'il serait en train d'écrire et que le lecteur découvre... De manière inverse, le concert qui a pour programme la symphonie de Beethoven constitue une donnée narrative dont le caractère objectif, souligné par le Pasteur selon une maladroite complicité (*SP*, p. 55 : « on le comprend aisément »), favorise le jeu ironique.

L'état de pasteur, que met en avant l'ouverture du journal, régit le projet de récit dans la mesure où ce projet est annoncé aussitôt après. La qualité de pasteur semble *autoriser* le récit [1]. Or un aspect fondamental de ce ministère, la lecture et l'interprétation des Écritures, n'occupe pas la place attendue dans le Premier cahier. Sans doute s'agit-il, en principe, de l'éducation initiale d'une handicapée ; l'instruction religieuse ne vient donc pas en premier. Mais l'adolescente est capable, dès le concert à Neuchâtel précisément, d'aborder les problèmes métaphysiques, et c'est à ce moment du récit que le Pasteur doit affronter la question de l'initiation de Gertrude à la Bible. « Il va sans dire que Gertrude était très avide de lectures » (*SP*, p. 67), commence-t-il, admettant implicitement qu'il ne peut éviter le sujet. La syntaxe complexe et embarrassée de la phrase va trahir un malaise : « mais, soucieux d'accompagner le plus possible sa pensée, je préférais qu'elle ne lût pas beaucoup – ou du moins pas beaucoup sans moi – et principalement la Bible, ce qui peut

1. Voir Martine Maisani-Léonard, *André Gide ou l'ironie de l'écriture*, p. 56-60.

paraître bien étrange pour un protestant »
(*SP*, p. 67). Le Pasteur souhaite-t-il que
Gertrude ne lise pas beaucoup en général
ou qu'elle lise peu la Bible ? Le lecteur
ne saurait trancher en toute clarté. D'autre part, la construction confuse semble
relier l'*étrange* à *principalement la Bible*,
ce qui enlèverait justement toute étrangeté
par rapport à *protestant*. Enfin, dernier
glissement : dans la hiérarchie de
l'*étrange*, le programme restreint en matière de lectures, qui pourrait être simple
affaire de pédagogie, passe avant le fait
que le Pasteur n'aime pas que Gertrude
lise...*sans lui*. L'incidente reléguée entre
tirets constitue en réalité le paroxysme de
l'« étrange » – où le lecteur lirait volontiers
un qualificatif comme « inadmissible » ou
« scandaleux » : le Pasteur ne respecte pas
le libre examen, qui fonde l'originalité
protestante... Alors que, par le bref
préambule, le texte était imposé comme
récit d'un pasteur, la censure inavouée
mais réelle exercée sur Gertrude dénonce
la qualité de pasteur.

Ce *bien étrange*, euphémisme renforcé
par le modalisateur, correspond à l'incongruité que l'on considère parfois
comme constitutive de l'ironie : « *L'ironie
au sens passif*, c'est la *perception critique*
d'une incongruité qui a, ou pour laquelle
on imagine, un auteur, qu'elle fût gardée
privée ou constatée extérieurement. *L'ironie au sens actif* c'est l'*expression ironique*
de cette perception qui demande de son
public un processus de reconstruction, et
c'est sous cette forme-là qu'elle informe
l'œuvre d'art [1]. » Le lecteur de *La
Symphonie pastorale* est seul chargé de

1. Monique Yaa-
ri, *Ironie para-
doxale et ironie poé-
tique*, p. 22.

percevoir l'insolite, la contradiction, l'abus. Quant au présent passage, le texte lui en fournit les moyens : non seulement le journal se fonde d'entrée sur l'autorité pastorale, mais il se métaphorise, par la parabole évangélique, en livre du Bon Pasteur. La Bible du Pasteur est une bible bien à lui, ce que démontre à son insu le livre en cours, son « biblion ». C'est, si l'on peut dire, livre contre Livre. La tactique initiale du Pasteur reposait sur l'affirmation implicite qu'il ne s'agissait pas de sa propre histoire. Mais il ne peut faire que sa subjectivité ne marque le récit. Son discours entame l'intégrité de l'histoire et la menace. Tout pouvoir tendant à abuser de lui-même, le discours ne pourra que se démasquer tant il aura perverti malgré lui l'histoire. Aussi le récit devra-t-il se transformer en vrai journal dans le Deuxième cahier. Le livre devient alors exégèse du Livre.

ENTRÉE DE LA BIBLE

Le récit-journal du Premier cahier fonctionne donc, pour le Pasteur, comme l'exercice de son pouvoir présent de narrateur, capable de garder le pouvoir dont il jouit, en tant que personnage, depuis un lointain passé. Cependant, ces deux pouvoirs sont confusément sentis comme menacés de délégitimation. L'écriture rétrospective établit un huis clos, un monde séparé, en s'inscrivant de façon délibérée dans l'espace d'une histoire ; mais le lecteur peut pressentir que le narrateur sera délogé de cette domination sécurisante. Il était étonnant que le

Pasteur ne justifiât pas davantage le contrôle des lectures de Gertrude. En fait, il a éludé la difficulté par le sursis : « Je m'expliquerai là-dessus ; mais, avant que d'aborder une question si importante [...] » (*SP*, p. 67). La promesse et la concession accordées trahissent le malaise en même temps que se révèle la nécessité d'un lecteur : « Je m'expliquerai » suppose un *tu* ou un *vous*. Et la considération apparemment objective (« si importante ») est une parade dilatoire. S'il faut attendre le Deuxième cahier, c'est que le contrat ne saurait être honoré sans entraîner une clarification gênante. Un exposé prématuré affaiblirait la démonstration cachée, orienterait le lyrisme austère et convenable vers la dissonance de l'aveu. Ce serait « un coup de pistolet » dans la symphonie que le Pasteur s'efforce alors de composer, et dont la scène finale du Premier cahier constitue, par l'évocation poétique de Gertrude, une création renouvelée de la « *scène au bord du ruisseau* [1] ».

1. Voir plus haut, p. 85.

Le Pasteur devra quitter le Premier cahier et franchir, en même temps que le seuil du Deuxième, le seuil du conscient. Il ne peut plus se dissimuler que l'histoire racontée est sa propre histoire, histoire d'amour et non celle d'une éducation accomplie pour des raisons morales : « d'un entraînement j'avais fait une obligation morale, un devoir » (*SP*, p. 100). Il s'était dit entraîné par son récit, plus d'une fois (*SP*, p. 48,65). Sans doute l'était-il par l'absence de journal au jour le jour et de notes autrefois consignées ; mais il l'était à la fois plus et moins qu'il ne le disait, par l'effet que Gide appelle la « rétroaction du sujet sur lui-même [1] ». Entre les sentiments du Pasteur et l'histoire un lien étroit s'était noué, favorisé par le cumul des fonctions de narrateur et de personnage. Dorénavant, le Pasteur ne trouvera plus, comme par enchantement, la transparence heureuse et à peine forcée du récit rétrospectif. Son écriture tend vers le journal apologétique de la passion amoureuse. Narrateur, il avait prétendu fonder le récit d'une éducation sur une perspective pastorale. Le trompe-l'œil apparaît pour ce qu'il est dès l'ouverture du Deuxième cahier. Il doit avouer en toute conscience son amour après avoir relu le Premier cahier, c'est-à-dire son livre au point où il l'a laissé. Et c'est logiquement qu'il va faire état d'une autre relecture, celle de l'Évangile. Il lui faut changer de cahier, de même qu'il lui faut non seulement changer l'orientation de son livre – passer de l'écriture de narrateur à celle de diariste – mais aussi changer le Livre des livres, afin de les faire aller dans le même sens. Il inventera, avec l'application qu'on lui connaît, un nouvel Évangile, une nouvelle Bonne Nouvelle.

Cette pertinence esthétique et morale du langage formel témoigne du degré de conscience et de maturité atteint par l'auteur lui-même dans sa recherche.

À ce propos, on citera volontiers un souhait qu'exprimait Claude Martin en 1963 : « Il serait, d'ailleurs, très éclairant de montrer un jour que, l'expression littéraire étant pour Gide la solution en perpétuel progrès de ses problèmes spirituels, l'invention des formes, des techniques, est chez lui plus significative que la substance de son œuvre ; ou, plus exactement, que ces questions formelles tendent à constituer cette substance même, comme le discours sur la création poétique est au fond du poème mallarméen [1] ».

1. *André Gide par lui-même*, p. 147.

Les arrangements temporels trahissent le Pasteur. Ils favorisent l'ironie textuelle. La mauvaise foi, désormais incontestable au Deuxième cahier, est supposée à posteriori pour le Premier ; elle en mine l'apparence édifiante ; lucidité et sincérité en deviennent indiscernables. Le flottement chronologique sert le mensonge, que celui-ci soit naïf ou volontaire. Quant à la date de la relecture de l'Évangile, le lecteur se doute qu'elle prend place bien avant le moment où elle est consignée. On verra qu'en un sens, elle devance même l'entreprise narrative... Tel est le début du journal du 3 mai : « L'instruction religieuse de Gertrude m'a amené à relire l'Évangile avec un œil neuf » (*SP*, p. 104). Le passé composé *m'a amené*, temps grammatical ambigu puisqu'il est à cheval entre un passé et le présent [2], porte au surplus sur un verbe impliquant un mouvement. Janus narrateur et diariste, le Pasteur joue des facilités temporelles qui le font aller et venir entre récit et journal. On n'imaginera pas que la relecture de l'Évangile se situe entre le 3 mai et le 25 avril, date de la précédente « entrée ». En fait, l'instruction religieuse a commencé trois saisons plus tôt, dès la fin de l'été probablement, quand Gertrude est recueillie par Mlle Louise (*SP*, p. 101). Ce que le Pasteur voile d'un passage (*SP*, p. 101) à l'autre (*SP*, p. 104), l'ironie le laisse entendre par cette discordance dans l'espace du texte. Comment

2. Pour d'autres aspects de l'usage du passé composé, voir Dossier p. 195-199.

le lecteur admettrait-il que cette instruction religieuse n'a pas comporté dès lors une interprétation biblique orientée par l'amour inavoué du Pasteur ? Le lecteur l'admet d'autant moins pour deux raisons : le narrateur vient d'affirmer qu'il a rapporté fidèlement les conversations, « transcrites dans une disposition d'esprit toute pareille » (*SP*, p. 101) ; d'autre part, la première de ces « conversations », qui suit le concert, est rien moins que purement théologique : « Ma chérie » (*SP*, p. 56), dit le Pasteur ; et Gide ne laisse pas au hasard le choix des apostrophes, on le verra plus loin [1]. Enfin, il s'avère que la « relecture » doit donc remonter à la fameuse période des six mois qui précède le récit et dont il ne sera traité que çà et là. Pour la chronologie, elle devrait intervenir là où le Premier cahier demeure en suspens. Elle apparaît alors comme une zone interdite. Et une nouvelle discordance ironique caractérise cette architecture de vide. C'est en effet de cette période que le narrateur dit en ce début du Deuxième cahier : « Je ne lui parlais plus qu'en pasteur... » (*SP*, p. 102). Cette restriction signifie à la fois qu'il ne parlait guère en pasteur auparavant – la « figure pastorale » tendait pourtant vers la représentation contraire – et que c'est avec le verbe du pasteur exclusivement qu'il agit désormais – « par peur de l'amour » (*SP*, p. 101) reconnaît-il un peu tard. La Bible est devenue la voie du salut. Sa « pastorale [2] » l'avait un peu oubliée, à la faveur des promenades musicales et... pastorales.

1. Voir p. 121.

2. On songe à ce type traditionnel d'ouvrage littéraire. Personnage conformiste et auteur compassé, le Pasteur en donnerait un équivalent moderne.

La lecture prétendument nouvelle de l'Évangile a pour seule fonction de confirmer une conviction personnelle : le sentiment pour Gertrude ne saurait être coupable. L'ironie sape cette démarche à la base, puisque la conviction s'acquiert avec peine et que, de toute façon, elle n'a pas le temps de transformer l'existence : d'une part, un baiser échangé avec Gertrude (*SP*, p. 131), d'autre part le retour final à la routine conjugale...

Dressant contre saint Paul le Christ lui-même, le Pasteur fonde son orthodoxie sur l'élimination de la loi et du péché : « Je cherche à travers l'Évangile, je cherche en vain commandement, menace, défense... » (*SP*, p. 105). C'est là sa voie du bonheur, de l'amour, opposée à celle de Jacques : « une soumission sans amour » (*SP*, p. 106). Tenté curieusement par le dogmatisme, il assigne pour devoir au chrétien la joie, « état obligatoire » (*SP*, p. 107). Et pour imaginer une innocence première, il lui suffit de prendre au pied de la lettre et hors de son contexte la formule du Christ : « Si vous étiez aveugles, vous n'auriez point de péché [1] ». Non seulement il identifie quasiment cette parole à Gertrude elle-même – qui « s'est dressée lumineusement devant moi » –, mais il va s'appliquer à l'aveuglement moral censé équivaloir à la cécité physique. La réussite de l'opération pratiquée sur Gertrude apportera un cinglant démenti à cette lecture littérale ; ainsi la jeune fille citera-t-elle à son tour la formule [2]. Mais bien avant, Jacques,

1. *SP*, p. 107. Voir Dossier, p. 190.

2. *SP*, p. 146. Dans son édition Claude Martin choisit le singulier pour « aveugle » dans ce cas. Et, assurément, ce nombre correspond bien à l'interlocuteur d'alors, qui est le Pasteur ! Mais aussi Gide varie nonchalamment.

« Et cette parole du Christ s'est dressée lumineusement devant moi : "Si vous étiez aveugles, vous n'auriez point de péché". »

P. Breughel. *La parabole des aveugles.* Musée de Capodimonte. Naples. Ph. © Giraudon.

étudiant de théologie, reproche à son père de choisir dans l'Évangile ce qui lui plaît. Si le Pasteur se refuse en vain à « ergoter » (*SP*, p. 106, 112), fait-il autre chose lorsqu'il se livre à l'exégèse seul ? « À combien d'autres passages de l'Écriture n'est-on pas appelé à prêter double et triple sens ? » (*SP*, p. 112)... Il prend alors « soin » (*SP*, p. 111) d'attaquer Jacques sur son terrain, saint Paul. Mais il est battu par son fils à propos du même chapitre XIV de l'Épître aux Romains : le verset 15 apporte un suffisant démenti au verset 2 (*SP*, p. 113 et 111).

Sur l'essentiel, il joue aussi avec les mots. Il ne cesse d'entretenir l'ambiguïté entre l'amour-charité ou amour divin (l'*agapè* des théologiens) et l'amour-passion (l'*érôs*) [1]. C'est à Gertrude de souligner la confusion (*SP*, p. 127). À elle encore de rectifier le « ton amour » du Pasteur en « *notre* amour » (*SP*, p. 128). Le Pasteur avait pourtant bien fait les choses. Le vaste champ des Écritures offre les fleurs indispensables à qui sait les cueillir. Le Pasteur ne se prive pas de le faire. À partir de citations et d'allusions, il crée l'impression qu'il traite de tout, alors qu'il se borne aux textes utiles et qu'il les tronque. Mieux : il évite de donner connaissance de certains textes, de saint Paul... Il pratique la censure, sans l'avouer directement mais non sans se justifier. Il aura voulu faire main basse sur la Bible. Et l'ironie consiste à le punir par où il a péché. Le personnage de Jacques remplit cette fonction. Par lui Gertrude découvre une autre face des Écritures. Celles-ci rapprocheront doublement les

1. Denis de Rougemont, *Les Mythes de l'amour*, Idées / Gallimard, 1978, p. 15-16.

jeunes gens : par la conversion au catholicisme, par la révélation de l'amour. Le
piège conçu par le Pasteur se referme sur
lui.

IV. MIROIRS

UN FAUX-MONNAYEUR

Le style de *La Symphonie pastorale*, loin
d'être monnayage accessoire, constitue
l'œuvre même, sa composition. L'ironie,
type de dénonciation reposant sur le
message implicite, passe par les figures de
rhétorique et les modalités de l'énonciation. La fausse monnaie du texte, émise
par le narrateur-écrivant, appelle le lecteur à une évaluation et l'amène à démasquer l'opération et l'opérateur. Que la
communication littéraire est ici fondée sur
de tels jeux, le cadre restreint du présent
essai ne permet de l'illustrer qu'en partie.
Au lecteur de développer ce qui aura pu
être seulement esquissé.

Si le menteur se reconnaît parfois à ce
qu'il nie le mensonge, le Pasteur, lui, est
assez subtil pour éviter ce genre de simple
dénégation. Il est cependant trahi par
certain usage du discours direct. Celui-ci,
qui tend à être l'apanage de Gertrude,
apparaît comme une façon d'objectiver
une relation bien particulière au sein d'un
espace irréel, dégagé de la responsabilité
du narrateur [1]. Dans le dialogue, seule
Gertrude recourt aux termes de *mentir*
et *mensonge*. Les deux occurrences du
Premier cahier prennent ainsi valeur de
signal ironique. Le « "Pasteur, vous

1. Voir Martine
Maisani-Léonard,
op. cit.

mentez !" » (*SP*, p. 57) rapproche figure pastorale et tromperie volontaire, et, en tant que citation par Gertrude elle-même d'une parole passée, engage pour l'avenir une contre-épreuve : « Et dites... est-ce qu'il vous est arrivé, depuis, d'avoir envie de mentir ? » (*SP*, p. 58). À la fin du livre, il ne s'agira plus d'un acte précis ni d'une hypothèse, mais de la liquidation d'un phénomène général dûment établi : « Mon ami, je vais vous faire beaucoup de peine ; mais il ne faut pas qu'il reste aucun mensonge entre nous » (*SP*, p. 147). La délicate générosité de la jeune fille, qui semble prendre sur elle l'aveu, ne peut effacer le pouvoir dénonciateur indirect de la formule. Elle équivaut selon l'esthétique du « roman-théorème » ambitionnée par André Walter à un C.Q.F.D. (ce-qu'il-fallait-démontrer) : l'imposture du Pasteur.

Il est clair qu'il use et abuse du lexique de la vérité et du champ sémantique auquel celui-ci se réfère. Par exemple, il concède à son épouse la capacité de se prononcer sur le « vrai » (*SP*, p. 40) ; il le fait même à propos d'un reproche d'Amélie. Mais il consacre la page suivante à dénoncer « certaines âmes, qui pourtant se croient profondément chrétiennes », parmi lesquelles le lecteur, s'il prend un peu la peine de réfléchir, ne manque pas de classer la pauvre Amélie... Du reste, le narrateur s'appuie alors sur la parabole du Bon Pasteur et passe sans sourciller de la citation évangélique (« "je vous le dis en vérité" » ; *SP*, p. 41) à son propre discours (« Oui, je le dis en vérité »). Ce transfert de la Parole du

Christ, apparemment professionnel, ressemble à une appropriation abusive, sinon à un vol. Bientôt, de sa « voix si mélodieuse » Gertrude va citer comme en écho : « "Et je vous dis en vérité que Salomon lui-même..." » (*SP*, p. 91) ; le Pasteur a réussi à « passer » la parole qu'il met en circulation.

Le soupçon de fausse monnaie peut naître chez le lecteur par bien d'autres voies. Ainsi, l'antithèse entre la sincérité du Pasteur et l'hypocrisie d'autrui paraît trop belle pour convaincre. Les âmes chrétiennes critiquées sont celles qui n'osent pas « *parler franc* » (*SP*, p. 41) ; quant à lui, il a « *trop* souci de la *vérité pour taire* le fâcheux accueil » (*SP*, p. 19) d'Amélie, ou il est « de naturel *trop franc* [1] » pour comprendre les critiques voilées contre sa relation avec Gertrude – que le lecteur, lui, commence à bien comprendre.

De même le vocabulaire de l'aveu connaît-il l'inflation, par une conséquence de « l'esprit faux » tel que le définit Gide. Certaines informations sont communiquées par le Pasteur, s'il faut l'en croire, par devoir et sans plaisir : « Il m'est pénible d'avoir à dire que ces reproches me venaient d'Amélie » (*SP*, p. 39). L'épouse fait obstacle à une tâche d'éducation déjà très difficile en soi ! Cette sorte d'aveu, qui tourne au réquisitoire sournois, présente l'avantage de contribuer à l'apologie personnelle déguisée. C'est à quoi travaillent d'ailleurs la plupart des aveux, souvent subalternes ou déplacés. « Il me faut avouer ici la profonde déception où je me sentis sombrer les premiers jours » (*SP*, p. 31). Le lecteur

1. *SP*, p. 86. C'est nous qui soulignons, comme dans les deux citations précédentes.

bénévole s'apprête à rasséréner cet homme assez humble pour reconnaître ses faiblesses ! Il provoque même la sympathie. Pour un peu, le lecteur se reconnaîtrait en lui...

Logiquement, le lexique de la *vérité* revient en force au début du Deuxième cahier, temps de la prise de conscience, alors qu'il s'était fait plus discret, en raison même des approches de la révélation. La démarche qui consiste essentiellement à *se persuader* (*SP*, p. 76, 79, 100, 110, 150) est complétée par la stratégie d'un *laisser lire* (*SP*, p. 108) et d'un *laisser croire* (*SP*, p. 113). Il ne s'agit pas seulement de reconstruire la quiétude perdue du Premier cahier ; il faut poursuivre le plaidoyer *pro domo*. On ne s'étonnera donc pas si le Pasteur, plus que jamais, recourt aux artifices de l'interrogation oratoire et de l'anaphore [1], parfois combinés (*SP*, p. 107-108, 115-116).

LA DÉRIVE GÉNÉRIQUE

Le choix du genre littéraire entre en relation directe avec la manière de battre la monnaie, parce qu'il se fait en fonction de la lecture appelée, souhaitée. Nul hasard si, dans ce commerce, le destinataire du journal demeure flou. L'incertitude convient à l'itinéraire de fuite que se ménage « l'esprit faux ». Elle va de pair avec un genre qui semble parfois aller à vau-l'eau.

De façon ambiguë, *La Symphonie pastorale* s'ouvre à la fois sur les marques du journal (date initiale, caractère personnel du Je et des activités) et sur celles du récit

1. Figure qui consiste à répéter au début d'une phrase (ou d'un membre de phrase, ou d'un vers) une même expression ou une même construction.

« Est-ce trahir le Christ, est-ce diminuer, profaner l'Évangile que d'y voir surtout une méthode pour arriver à la vie bienheureuse ? »
William Blake : *David délivré des eaux.* Tate Gallery. Londres Ph. © Archives Snark. Edimédia.

(« raconter »). Or à l'origine était, non pas le déversement quotidien de notations propres au journal, mais une intention d'écriture (« J'ai projeté d'écrire ici »). L'ironie sous-jacente entraînera des dérives contradictoires qui mettront en cause le projet jusqu'à l'inverser. Alors que le Pasteur transforme d'abord volontairement le journal en récit, il en arrivera peu à peu à l'usage obligé du journal conformément au genre : l'écriture du jour. Dès le départ, en somme, le présent, autrement dit le jour, le forçait subconsciemment à écrire. Le passé lui tenait lieu de refuge. Mais c'est le genre narratif, avec ses apparentes lois d'objectivité, qui se retourne contre lui. Une simple relecture fait éclater la cloison protectrice qui séparait du jour les journées passées.

Selon l'indécidabilité initiale du destinataire, l'écrit projeté pouvait relever du traité d'éducation scientifique et religieux : « tout ce qui concerne la formation et le développement de cette âme pieuse ». Mais la première journée offre une première dérive : vers le roman d'aventure ou d'initiation. Comme le suggère un commentateur, en filigrane apparaît la structure d'un conte mythique, d'une quête. Le geste du Pasteur, « plus qu'un acte de charité chrétienne professionnelle, est l'équivalent d'une délivrance de captive [1] » ; et Henri Maillet repère l'héroïne mystérieuse, le héros libérateur, le guide initiatique, les obstacles naturels, le brusque passage dans l'inexploré ; il montre, à partir des nombreux contrastes et de l'éventail des âges, combien les contenus dramatique et poétique sont indissocia-

1. Henri Maillet, *La Symphonie pastorale d'André Gide*, p. 77.

bles l'un de l'autre comme dans un conte de fées ; de là vient l'origine du prénom de Gertrude, si l'on s'en rapporte au dialogue préparé par Gide pour le cinéma (*EC*, p. 215). L'ensemble de *La Symphonie pastorale* va rigoureusement démentir ce possible du récit : l' « aventure » (*SP*, p. 26) du Pasteur ne prendra jamais corps, si l'on ose dire ; et dans le vide ironique sur lequel débouche le livre, on imagine le banal retour au quotidien de la vie conjugale, comme s'il y avait eu détournement de mineure manqué. Le conte de fées a basculé vers le tragique fait divers.

Le récit scientifico-religieux d'une formation implique un aspect édifiant. Le narrateur se soumet à Dieu et se réjouit que sa volonté soit faite. À cette action de grâces initiale répond ironiquement en dernière page la récitation du « Notre Père » chrétien par son épouse ; le Pasteur est alors agenouillé à côté d'elle, silencieux... *La Symphonie pastorale* est ponctuée de prières, particulièrement aux approches de la catastrophe (*SP*, p. 132-135, 138, 141). Mais ce livre d'oraison s'oppose selon une double ironie au livre de raison, « journal – dit le *Dictionnaire de l'Académie française* de 1935 – tenu par le chef de famille qui inscrivait, avec ses comptes, les événements tels que naissances, mariages, etc., et ses propres réflexions ». Le journal du Pasteur prétend défendre une raison qui se passe de la raison. Au nom de l'Évangile, il prêche contre Amélie qui en écarte le « déraisonnable » ou le « surraisonnable » (*SP*, p. 22) ; il attaque le dogmatisme et l'étroite soumission de Jacques. Voilà qui est bien plaidé pour la charité chrétienne ou pour ce que les mystiques appellent la folie de la Croix. Malheureusement, le style laisse apparaître qu'il s'agit de calcul, et toute l'histoire est même celle d'un mauvais calcul. Or – et c'est ici l'autre face du livre de raison manqué – la première journée évoque à la fois « quelque trésor caché » (*SP*, p. 15) – Gertrude presque aussitôt – et « un trésor épuisable » (*SP*, p. 19) – l'amour tel que le conçoit Amélie. Cette opposition implique le désir, comme plus loin le feront le lapsus du voussoiement (*SP*, p. 59) et la définition pour Amélie du « seul plaisir » (*SP*, p. 63). Gertrude est du côté de « l'enchantement rose et doré du soir », de « l'or du ciel » (*SP*, p. 13). L'argent et les comptes sont bons pour la vieille défunte, dont la bouche évoque « une bourse d'avare » (*SP*, p. 17), de même qu'Amélie, « personne d'ordre » (*SP*, p. 19), garde « les lèvres serrées » (*SP*, p. 85) ; c'est pour elle que le Pasteur oublie d'aller chez la mercière « régler le compte » (*SP*, p. 64). Mais le récit va démentir la qualité que le Pasteur s'attribuait généreusement : « J'avais agi, comme je le fais toujours, autant par disposition naturelle que par principes, sans nullement chercher à calculer la dépense où mon élan risquait de m'entraîner (ce qui m'a toujours paru anti-évangélique) » (*SP*, p. 30). Avant comme après sa découverte de la « peur de l'amour » (*SP*, p. 101), il prendra soin de ne pas se laisser aller à un élan qui risquerait de l'entraîner trop loin. Du moins, l'auteur l'en empêche ; et l'on peut y voir la limite « édifiante » de l'œuvre, critique démonstrative : déraison évangélique ne vaut pas immoralisme conséquent. Toujours est-il que dans son livre de raison, le chef de famille aura surtout consigné des comptes d'exégète, sinon d'apothicaire, la conversion tragique d'une fille adoptive, celle, contrariante, du fils aîné, enfin, leur mariage empêché.

La comédie de mœurs est une quatrième dérive possible de *La Symphonie pastorale*, celui des récits de Gide qui, excepté *Isabelle* et *Thésée*, comporte le plus de discours direct [1]. Le Tartuffe de Molière butait lui aussi sur des histoires de séduction et de mariage ! C'est par les dialogues abondants que le Pasteur révèle malgré lui sa comédie. Il donne la parole à des personnages, mais ils auront pour fonction de dénoncer les manœuvres. Ainsi, longtemps Gertrude l'appelle « Pasteur », avant de le nommer, sur son lit de mourante, « mon ami ». Ce décalage marque la fausseté du jeu commandé par le narrateur, amoureux masqué par son ministère et finalement couvert par un statut social. D'ailleurs, avec Amélie, on retrouve au niveau conjugal le « mon ami » et sa variante ambiguë, « mon pauvre ami ». De Gertrude à Jacques, on passe de « Pasteur » à « Mon père », apostrophe constante qui entre en relation incongrue, à la dernière page avec le « Notre Père » récité par l'épouse du Pasteur...

Plus d'un passage ramène au *Tartuffe*. Si le narrateur cherche avec le temps des « accommodements [2] », il en trouve aussi au cours des conversations avec Gertrude, et pas seulement en matière d'exégèse biblique. Sans avoir la santé de Tartuffe,

1. Le quart du texte selon Martine Maisani-Léonard, *op. cit.*, p. 142.

2. Voir plus haut, p. 59-62.

il agit selon les principes que l'imposteur confiait à la femme d'Orgon :

« Selon divers besoins, il est une science
D'étendre les biens de notre conscience,
Et de rectifier le mal de l'action
Avec la pureté de notre intention [1] »

Tartuffe paraphrasait lui aussi le « Notre Père » :

« La volonté du Ciel soit faite en toute chose [2] ! »

Et quand le Pasteur pardonne à sa femme ses offenses, ce « pardon » résonne comme certain autre vers :

« O ciel ! pardonne-lui la douleur qu'il me donne [3]. »

Le théâtre comique agit selon sa poétique propre. Mais le fait que le Pasteur s'adresse à lui-même ne change pas radicalement l'effet. Non seulement il ne se passe pas vraiment de narrataire, mais la structure sociale, comme dans *Tartuffe*, intervient. « Le scandale du monde est ce qui fait l'offense [4]... » Le héros de *La Symphonie pastorale* se montre plus d'une fois soucieux du regard d'autrui (*SP*, p. 57, 68, 147). De même, lorsqu'il invoque la loi d'amour pour écarter l'idée de péché, il met en cause autrui en se parant de religion : « Seigneur ! enlevez de mon cœur tout ce qui n'appartient pas à l'amour... » (*SP*, p. 113). Sa fonction spirituelle et sociale lui permet de se tromper mais aussi de tromper. Telle est bien l'imposture, la comédie pastorale.

C'est la revanche du « Malin » (*SP*, p. 113). Lisant de travers les textes sacrés, le Pasteur devient le tentateur. Sous ses airs de chrétien pathétique se dissimule un Satan pantouflard. Il n'aura même pas

1. *Tartuffe*, Acte IV, scène 5.

2. *Ibid.*, Acte III, scène 7.

3. *Ibid.*

4. *Ibid*, Acte IV, scène 5.

l'occasion de s'en apercevoir avant le châtiment, ni après. Charmeur charmé, il est envoûté par sa musique de néant. Il a joué de la parole et de la Parole pour rêver de paradis terrestre. Le malheur est que l'Ève de cet Adam laborieux, séductrice virginale, aura été charmée au point de vouloir se racheter dans les eaux noires du suicide. Mais lorsque mourante elle dit : « J'ai soif » comme le Crucifié, elle abandonne sur la rive le Pasteur à son pathos, définitivement préservée.

LE PIÈGE SPÉCULAIRE

Ce n'est pas le lieu de poser les problèmes théoriques de l'ironie et de la mise en abyme, déjà développés ailleurs [1], ni non plus de revenir sur ce qui a été proposé plus haut dans le présent essai. Mais il faut tenter de cerner l'apport essentiel de ces procédés selon la perspective critique de *La Symphonie pastorale*, texte un peu négligé à cet égard par l'exégèse, bien qu'Alain Goulet ait remarquablement étudié comment le travail de l'écriture y figure en abyme son propre travail [2].

Par le récit rétrospectif du Premier cahier, le narrateur tient à distance le miroir que constitue par essence le journal. Mais le miroir revient en force et le trahit par l'effet de la relecture. Le Pasteur doit construire une autre image, et le journal proprement dit l'emporte sur le récit dans le Deuxième cahier. Mais le journal est par excellence la forme d'expression qui rend illusoire toute distance prise avec le présent et avec soi-même : le moi ne se rend pas si aisément

1. Voir dans la bibliographie les ouvrages de L. Dällenbach et de M. Yaari.

2. Voir Alain Goulet, « La figuration du procès littéraire dans l'écriture de *La Symphonie pastorale* ».

maître du jeu du je. Aussi le Pasteur, peu à peu vraiment diariste, ne sera pas moins trahi au fil du Deuxième cahier. Aux approches du moment où Gertrude opérée va revenir voyante, le Pasteur craint à juste titre l'épreuve qui substituera les images réelles aux virtuelles. « Pour la première fois de ma vie j'interroge anxieusement les miroirs » (*SP*, p. 135). C'est aux reflets du journal et de sa parole que le Pasteur a voulu se prendre et prendre Gertrude. L'opération réussie les obligera tous deux à passer au-delà du miroir.

C'est pourquoi, essentielle au livre, une double mise en abyme concerne le roman d'éducation, auquel se rapportent finalement toute dérive générique et l'éthique même du classicisme moraliste gidien. Au départ le Pasteur affirme : « Certainement je m'étais fait tout un roman de l'éducation de Gertrude, et la réalité me forçait par trop d'en rabattre » (*SP*, p. 32). Le narrateur constate en somme qu'il avait l'esprit romanesque ; à la limite, en hébergeant un être fruste, il se comportait en lecteur du roman possible. Mais ce qui se trouvait déconstruit, il va pouvoir le vivre dans la *réalité* grâce aux histoires du Dr Martins et à la méthode qu'il expose, ajoutant : « je ne l'invente point » (*SP*, p. 34). Cet effet spéculaire sera renforcé par la mise en abyme d'un texte littéraire, *Le Grillon du foyer*, qui superpose au principe de réalité celui de *vérité* : « ... mensonge que l'art de Dickens s'évertue à faire passer pour pieux, mais dont Dieu merci ! je n'aurai pas à user avec Gertrude » (*SP*, p. 38). À cette première occurrence du mot mensonge répond à la

« Je cherche à travers l'Évangile, je cherche en vain commandement, menace, défense... »

Grünewald : Retable d'Issenheim : la Crucifixion. Musée d'Unterlinden, Colmar. Ph. © Giraudon.

fin la seule autre, qui revient à Gertrude (*SP*, p. 147). Celle-ci dénonce à la fois le romanesque du Pasteur et sa prétention édifiante. La leçon s'est retournée contre le maître. Et c'est l'éducation du Pasteur qui serait à refaire.

Tel père tel fils, car le roman d'éducation se met en abyme aussi par Jacques. Sans doute incarne-t-il l'orthodoxie et la tentation catholiques face à une errance protestante pour que soient délégitimées les deux visions. Mais le fils réfléchit le père dans la constitution même du récit, parce qu'il est l'Autre et que, par son altérité, il est essentiellement celui qui trahit. Il est de ceux qui ont « d'abord donné le change » (*SP*, p. 28). Collaborant à la tâche éducatrice, il va provoquer chez Gertrude des progrès accélérés. Par là même il conteste le Père, qui caresse l'idée que la jeune fille lui doit tout. Ainsi se prépare le vol du père par le fils. La scène surprise à l'église place le Pasteur dans la position du voyeur. Jacques est l'image réfléchie de ce que son père, malgré le désir, évite d'être. En quelque sorte, Jacques vole la main que Gertrude lui abandonne. Le projet de mariage – demander la main – équivaut au souhait d'une reconnaissance légale du vol et de la transgression. Il veut réaliser ce qui est interdit au père et il lui impose un mouvement de dévoilement. Dans la scène où ils s'affrontent, le Pasteur masque sa passion et s'institue juge, rejetant Jacques, non sans cynisme, sur le terrain de la « conscience » (*SP*, p. 78) ; mais il voit alors en lui sa propre image en négatif, sous le regard hypothétique de sa protégée : « Gertrude ne laisserait pas d'admirer ce grand corps svelte, à la fois si droit et si souple, ce beau front sans rides, ce regard franc » (*SP*, p. 78). Au rival soupçonné de traîtrise le Pasteur donne un baiser de Judas : « Je retrouve l'enfant que j'aimais, lui dis-je doucement, et, le tirant à moi, je posai mes lèvres sur son front » (*SP*, p. 79). Jacques accomplira pourtant une double trahison, sur les plans religieux et amoureux, en réalisant ce que le père ne peut : donner à lire toutes les Écritures à Gertrude et se faire aimer d'elle. Mais cette double réussite s'appelle aussi double conversion au catholicisme et ne saurait être une victoire. « Ainsi me quittaient à la fois ces deux êtres ; il semblait que, séparés par moi durant la vie, ils eussent projeté de me fuir et tous deux de s'unir en Dieu. Mais je me persuade que dans la conversion de Jacques entre plus de raisonnement que d'amour » (*SP*, p. 150). Comme *Numquid et tu ?...* et les conversions étaient des « arrière-produits de la guerre » (*J*, p. 1284), ce sont ersatz d'amour et de libération : éducations sentimentales elles aussi manquées. Tel père tels enfants : dans le leurre religieux trahis.

CONCLUSION

La Symphonie pastorale est un conte voltairien moderne. Là où le lecteur du XVIIIe siècle gardait certains repères qui facilitaient la leçon, le récit gidien disperse les indications et ne dispense pas d'enseignement clair. Cette incertitude peut s'illustrer par un échange de Gide avec le diable : « – Parbleu ! je sais bien ; toi aussi tu sais parler en paraboles. – Je n'ai pas rien qu'une façon de m'exprimer » (*J*, p. 610). Point n'est besoin d'être croyant pour croire au diable. La mythologie en apprend beaucoup aux hommes, surtout lorsqu'ils se passent de religion. C'est à l'époque où Gide se libère de la foi que le Malin prend vraiment vie pour lui, comme force agissante. On lisait dans le *Journal* de 1907 la fameuse formule : « Je ne suis qu'un petit garçon qui s'amuse – doublé d'un pasteur protestant qui l'ennuie » (*J*, p. 250). Nul doute que dix ans plus tard *La Symphonie pastorale* – ce « pensum » ! – ait aussi amusé l'écrivain, toujours assez jeune pour ennuyer le Pasteur : « ... pas bien terrible, elle va dans le sens du mariage, de la famille [1] », aurait-il dit à Madeleine. On n'en finit pas avec les reflets chatoyants et contradictoires de l'œuvre. Revenons-en alors à l'image du petit garçon qui s'amuse, par un croquis qu'en donne Roger Nimier : « Attention à l'année 1907 : il rase ses moustaches, le poil commence à tomber, le front s'incline et prend de la lumière : Gide voltairien est né, il prépare *Les Caves*

1. Voir Dossier, p. 160.

1. Roger Nimier, *L'Élève d'Aristote*, Gallimard, 1981, p. 233. Texte de 1955.

du Vatican [...] L'œil se prépare à jouer son vrai rôle, qui est d'éclairer toute chose [1] ».

Fable qui ne se soucie pas de conclure, *La Symphonie pastorale* crée l'une des figures mythiques où l'homme du XXᵉ siècle a tenté de déchiffrer l'énigme de sa destinée. Le journal du Pasteur face à l'amour et à Dieu annonce le monologue du *Bavard* de Louis-René des Forêts et celui de *La Chute* d'Albert Camus : un homme face à la parole, un avocat devenu juge-pénitent face à la misère de soi et du monde. Ce sont trois môles de la littérature classique moderne. On ajouterait *Hécate et ses chiens* de Paul Morand, récit fragmenté, confession hantée par la perversion et le mystère.

Héritier d'une lignée française dont Molière est l'un des fleurons, André Gide voulait combattre le mensonge, au besoin par des livres subversifs, estimant que « rien n'est plus malsain au contraire, pour l'individu et la société, que le mensonge accrédité » (*C*, p. 11). *La Symphonie pastorale* peut encore longtemps sentir le soufre. On peut aussi trouver ce Pasteur bien pâle et fermé à la mystique. Un Georges Bernanos, romancier de *L'Imposture*, n'a jamais su si son héros était un imposteur. S'estimer responsable de son mensonge revient sans doute à s'égaler à Dieu, le Père de tout, même du mensonge. Et l'imposture relève de l'histoire [2] : « car il n'y a pas de mensonge, il y a des générations de mensonges [3]... » Mais on ne saurait oublier qu'à l'époque même où Gide achevait *La Symphonie pastorale*, il écrivait :

2. L'Histoire n'est pas absente de *La Symphonie pastorale*. Voir par exemple Dossier, p. 200-203.

3. Georges Bernanos, *Essais et écrits de combat*, I, *Les Enfants humiliés*, Gallimard, la Pléiade, p. 831.

« C'est du point de vue de l'art qu'il sied de juger ce que j'écris, point de vue où ne se place jamais, ou presque jamais, le critique – et que celui qui, par miracle, s'y place, éprouve le plus grand mal à faire admettre par ses lecteurs. C'est du reste le seul point de vue qui ne soit exclusif d'aucun des autres » (*J*, p. 658).

DOSSIER

I. REPÈRES BIOGRAPHIQUES

1869   Naissance d'André Paul Guillaume Gide à Paris, le lundi 22 novembre, au 19, rue de Médicis. Son père Paul Gide, professeur agrégé de la faculté de Droit, est né en 1832 à Uzès d'une famille protestante.

Sa mère, Juliette Rondeaux, est née en 1835 à Rouen d'une famille appartenant à la riche bourgeoisie d'affaires convertie au protestantisme depuis le début du XIXe siècle.

André Gide sera le seul enfant de M. et Mme Paul Gide. Il a pour oncle l'économiste Charles Gide.

1874   Il commence le piano.

1877   Entré en 9e à l'École Alsacienne rue d'Assas, il en est renvoyé quelques mois, l'instituteur ayant surpris ses « mauvaises habitudes ». Il tombe malade. Sa santé sera toujours précaire, et sa fréquentation scolaire très irrégulière.

1880   Le 28 octobre, son père meurt de la tuberculose. Crises d'angoisse.

1881   Externe au lycée de Montpellier, il subit les brimades de ses camarades. Crises nerveuses.

1882   En décembre, à Rouen, il découvre la souffrance de sa cousine Madeleine Rondeaux (née en 1867) due à l'inconduite de sa mère Mathilde.

1883   Il vit à Paris avec sa mère, rue de Commaille. Il est demi-pensionnaire chez M. Henry Bauër qui lui fait lire entre autres Amiel. Il commence à tenir son journal.

1884   Il suit des cours de piano avec M. Merriman
       (« Beethoven lui paraissait libidineux »). Mort
       d'Anna Shackleton qui vivait avec Gide et sa
       mère.

1885   En Normandie à La Roque, lectures ferventes
       de textes mystiques avec son ami François
       de Witt-Guizot et avec sa cousine Madeleine.
       Époque ardente de la première communion.

1886   Il continue de prendre des leçons de piano.
       Il change de pension.

1887   Il rentre à l'École Alsacienne pour sa classe
       de rhétorique. Il y rencontre Pierre Louis,
       futur Pierre Louÿs. Lecture de Heine et
       Goethe.

1888   Premier trimestre de l'année scolaire pour la
       classe de philosophie au lycée Henri IV, où
       il rencontre Léon Blum. Il poursuit l'année
       scolaire seul et devra repasser le baccalauréat
       en octobre. Il décide d'arrêter ses études pour
       écrire. Il souhaite épouser sa cousine
       Madeleine.

1889   Il prend des notes pour *Les Cahiers d'André
       Walter.* Lecture de Barrès (*Un homme libre*).

1890   Mort du père de Madeleine. Il s'installe
       en Haute-Savoie pendant l'été à Menthon-
       Saint-Bernard pour écrire *Les Cahiers*.
       En décembre, il rencontre à Montpellier
       Paul Valéry.

1891   Publication des *Cahiers d'André Walter*.
       Madeleine refuse le mariage. Il rencontre
       Barrès, Mallarmé, Wilde. Il est devenu un des
       habitués des « mardis de la rue de Rome ».
       Le Traité du Narcisse.

1892   *Les Poésies d'André Walter*. Voyage en Bretagne avec Henri de Régnier. À la fin de l'année, une semaine de service militaire, suivie de réforme pour cause de « tuberculose ».

1893   Rencontre de Francis Jammes. *La Tentative amoureuse*. *Le Voyage d'Urien* . Première idée de ce qui deviendra *La Symphonie pastorale*, avant l'embarquement pour l'Afrique du Nord avec son ami peintre Paul-Albert Laurens. Octobre 1893-printemps 1894 : voyage en Afrique du Nord et première expérience homosexuelle.

1894   Au retour, il se sent étranger au côté factice de la vie parisienne. À l'automne, il part à La Brévine en Suisse, pour écrire *Paludes*.

1895   *Paludes*.

        31 mai : mort de sa mère.

        17 juin : fiançailles avec Madeleine. 7-8 octobre : mariage (mairie de Cuverville, temple d'Étretat). Voyage de noces jusqu'en mai 1896 (Suisse, Italie, Afrique du Nord).

1896   Au retour, il apprend qu'il est élu maire de La Roque. Rupture avec Pierre Louÿs.

1897   Il se lie d'amitié avec le docteur Henri Ghéon. *Les Nourritures terrestres*.

1898   Il signe la pétition en faveur de Dreyfus par l'intermédiaire de Léon Blum. Lecture de Nietzsche et Dostoïevski. Rencontre Maria Van Rysselberghe (« la Petite Dame »).

1899   *Le Prométhée mal enchaîné*. *Philoctète*. *El Hadj*. *Feuilles de route*. Début de la correspondance avec Paul Claudel.

1900	Comme l'année précédente, voyage en Algérie avec Madeleine.
1901	*Le Roi Candaule*. Échec de la première représentation, au Théâtre de l'Œuvre.
1902	*L'Immoraliste* : tirage de trois cents exemplaires.
1903	*Prétextes*. *Saül*.
1905	Il commence *La Porte étroite*, d'abord intitulée *La Route étroite*. Lecture assidue de Stendhal et de Montaigne.
1906	*Amyntas*. Année d'équilibre précaire.
1907	*Le Retour de l'enfant prodigue*.
1908	« Dostoïevski d'après la correspondance. »
1909	Premier numéro de *La Nouvelle Revue française*. *La Porte étroite*.
1910	*Oscar Wilde*. Commence à écrire *Corydon*.
1911	*Isabelle*. *Nouveaux prétextes*. *C.R.D.N.* – sans nom d'auteur, douze exemplaires – (*Corydon*).
1912	Juré à la cour d'assises de Rouen.
1913	Il fait la connaissance de Roger Martin du Gard qui vient de publier *Jean Barois*. Et il termine *Les Caves du Vatican*.
1914	*Les Caves du Vatican*. Quasi-rupture avec Claudel. En Turquie avec Henri Ghéon. Avec Charles Du Bos et Maria Van Rysselberghe, il s'occupe chaque jour du Foyer Franco-belge.
1916	Longue crise religieuse après la conversion d'Henri Ghéon. Il écrit ce qui sera publié en 1922 sous le titre *Numquid et tu... ?* Début de la liaison avec Marc Allégret. Sympathie pour l'Action française.

1917   Séjour en Suisse avec Marc Allégret en août (« Michel » dans le *Journal*).

1918   À la mi-février, il commence *La Jeune Aveugle*. De juin à octobre, il est avec Marc Allégret en Angleterre. Au retour, il achève *La Symphonie pastorale*. Il découvre que Madeleine a détruit toutes ses lettres. Crise et abattement.

1919   *La Symphonie pastorale* paraît en octobre et novembre dans *La Nouvelle Revue française*. Gide commence à écrire *Les Faux-Monnayeurs*.

1920   Édition remaniée de *Corydon* (vingt et un exemplaires). *Si le grain ne meurt* (treize exemplaires).

1921   *Morceaux choisis*. Attaque de l'extrême droite intellectuelle (Henri Béraud, Henri Massis).

1922   *Numquid et tu...* ? Traduction du *Mariage du Ciel et de l'Enfer* de William Blake. Lecture de Freud.

1923   Séjour en Italie avec Élisabeth Van Rysselberghe. Leur fille Catherine naît le 18 avril. La naissance est cachée à Madeleine. Jacques Maritain veut dissuader Gide de publier *Corydon*.

1924   *Incidences*. *Corydon* en édition courante. Nombreuses attaques.

1925   Gide achève *Les Faux-Monnayeurs*. Chargé par le gouvernement d'une enquête sur les grandes concessions forestières, il part pour le Congo (de juillet 1925 à mai 1926). Marc Allégret l'accompagne.

1926   *Les Faux-Monnayeurs*, en l'absence de l'auteur. *Journal des Faux-Monnayeurs*. *Si le grain ne meurt*.

1927　*Voyage au Congo*. Gide s'installe au 1 *bis,* rue Vaneau ; il a pour voisine de palier Maria Van Rysselberghe, « la Petite Dame ».

1928　*Retour du Tchad*.

1929　*L'École des femmes*. *Essai sur Montaigne*. Il fréquente Malraux et Green.

1930　*Robert*. *La Séquestrée de Poitiers*. *L'Affaire Redureau*. *Œdipe*. Il se rapproche des communistes. Nombreux voyages.

1931　*Notes sur Chopin*, première version. Il écrit une préface pour *Vol de nuit* d'Antoine de Saint-Exupéry.

1932　Création d'*Œdipe* par G. Pitoëff. Commencement de la publication des *Œuvres complètes* à la N.R.F. Soutien au communisme, à Staline et à l'Union soviétique.

1933　*Les Caves du Vatican* en feuilleton dans *L'Humanité* (juin — juillet).

1934　Voyage à Berlin avec Malraux pour demander à Goebbels la libération de Dimitrov. Il se joint au Comité de vigilance des intellectuels antifascistes.

1935　*Les Nouvelles Nourritures*. En juin, il préside avec Malraux le 1er Congrès international des écrivains pour la défense de la culture.

1936　Voyage au Sénégal. Voyage en U.R.S.S. avec Eugène Dabit, Louis Guilloux, Pierre Herbart (17 juin — 22 août). *Geneviève* et *Retour de l'U.R.S.S.*

1937　Rupture avec le communisme après la parution de *Retouches à mon retour de l'U.R.S.S.* en juin. Articles contre Gide dans la presse communiste.

1938   Voyage en Afrique.

17 avril : mort de Madeleine. Il commence à écrire *Et nunc manet in te*.

Au Japon, Satsuo Yamamoto tourne *La Symphonie pastorale*.

1939   Voyages en Grèce, en Égypte et au Sénégal. *Journal (1889-1939)* à la N.R.F. dans la Pléiade.

1940   Hésitations face au régime pétainiste. *Feuillets* dans la *N.R.F.* dirigée par Drieu La Rochelle.

1941   Rupture avec la *N.R.F.* Conférence empêchée à Nice par un groupe d'anciens combattants. *Découvrons Henri Michaux*. *Interviews imaginaires* pour *Le Figaro*.

1942   Il part pour la Tunisie et réside à Sidi Bou Saïd.

1943   En mai, Alger. En juin, rencontre du général de Gaulle.

1944   Il participe à la fondation de la revue *L'Arche* avec Camus, Blanchot, Amrouche. *Pages de journal 1939-1942*.

1945   Voyages nombreux et conférences. Prépare un scénario – qu'il n'achèvera pas – pour *La Symphonie pastorale*.

1946   *Thésée*. Jean Delannoy – qui a fait appel aux adaptateurs Jean Aurenche et Pierre Bost – tourne *La Symphonie pastorale*.

Gide refuse d'entrer à l'Académie française.

1947   En juin, docteur *honoris causa* de l'université d'Oxford ; en novembre, Prix Nobel de littérature. Gide lit Sartre.

1948   *Préfaces et rencontres*. *Notes sur Chopin*. Farce tirée de la sotie *Les Caves du Vatican*.

1949   Entretiens radiophoniques avec Jean Amrouche. *Anthologie de la poésie française* à la N.R.F. dans la Pléiade. *Feuillets d'automne*. *Correspondance avec Paul Claudel*. Fin du *Journal*.

1950   *Journal (1942-1949).* Marc Allégret tourne le film *Avec André Gide*. *Les Caves du Vatican* à la Comédie-Française.

1951   Lundi 19 février, mort de Gide au 1 *bis* de la rue Vaneau. Au scandale de plusieurs, un pasteur bénit l'inhumation au cimetière de Cuverville.

1952   Un décret des autorités catholiques inscrit la totalité de l'œuvre de Gide à l'*Index*.

II. DOCUMENTS

I. LA GESTATION DU RÉCIT

1. LA MISE EN ABYME

Dès août 1893, à partir des procédés héraldique (dans un premier blason l'insertion d'un second « en abyme ») et spéculaire (réflexion et jeu de miroirs), André Gide définit le « roman du roman » et le « roman du roman du roman » (Lucien Dällenbach, *Le Récit spéculaire*, Seuil), ce qui comporte aussi pour Gide un aspect psychologique (« la rétroaction du sujet sur lui-même » en témoigne).

Luc et Rachel aussi veulent réaliser leur désir ; mais, tandis que, écrivant le mien, je le réalisai d'une manière idéale, eux, rêvant à ce parc, dont ils ne voyaient que les grilles, veulent y pénétrer matériellement ; ils n'en éprouvent aucune joie. J'aime assez qu'en une œuvre d'art, on retrouve ainsi transposé, à l'échelle des personnages, le sujet même de cette œuvre. Rien ne l'éclaire mieux et n'établit plus sûrement toutes les proportions de l'ensemble. Ainsi, dans tels tableaux de Memling ou de Quentin Metzys, un petit miroir convexe et sombre reflète, à son tour, l'intérieur de la pièce où se joue la scène peinte. Ainsi, dans le tableau des *Méninès* de Velasquez (mais un peu différemment). Enfin, en littérature, dans *Hamlet*, la scène de la comédie ; et ailleurs dans bien d'autres pièces. Dans *Wilhelm Meister*, les scènes de marionnettes ou de fête au château. Dans *la Chute de la Maison Usher*, la lecture que l'on fait à Roderick, etc. Aucun de ces exemples n'est absolument juste. Ce qui le serait beaucoup plus, ce qui dirait mieux ce que j'ai voulu dans mes *Cahiers*, dans mon *Narcisse* et dans *la Tentative*, c'est la comparaison avec ce procédé du

André Gide, *Journal (1889-1939)*, Gallimard, la Pléiade, p. 41.

blason qui consiste, dans le premier, à en mettre un second « en abyme ».

Cette rétroaction du sujet sur lui-même m'a toujours tenté. C'est le roman psychologique typique. Un homme en colère raconte une histoire ; voilà le sujet d'un livre. Un homme racontant une histoire ne suffit pas ; il faut que ce soit un homme en colère, et qu'il y ait un constant rapport entre la colère de cet homme et l'histoire racontée.

2. DÉCOUVERTE DE LA BRÉVINE

[Neuchâtel, 2 octobre 1894]

Chère maman,

[...]

Je suis parti. Il était tard ; j'ai quand même voulu voir le troisième maix (c'est le nom des grandes fermes de là-bas). Le second était à 2 500 m de La Brévine ; le troisième, à 3 kil. ½. Je n'avais plus de guide ; il n'y avait pas de route, mais je ne pouvais me perdre, en suivant le bord de la forêt. Songe à tout ce que cela peut devenir l'hiver, quand on ne peut sortir de chez soi qu'en faisant des tranchées dans et sous la neige ! N'importe : tout cela me tentait beaucoup... mais au troisième maix, rien à faire : un appartement, charmant pour l'été, intenable l'hiver, et des paysans pas dégrossis du tout qui n'auraient pu vous servir... Impossible.

Il était 5 heures ; il faisait plus froid que jamais ; et un vent ! ! ! Je m'en suis revenu, regardant peu le paysage, tâchant de me raccrocher à de nouveaux désirs. Tu ne pourrais comprendre ce qu'étaient mes pensées qu'en sachant que, depuis assez longtemps, je vis à La Brévine en rêve, que j'y ai déjà fait l'instruction de tas de mioches, accompagné le médecin pour voir arracher des yeux, patiné sur le bout des doigts, tué quatre loups, sauvé la vie à toute une escouade de voyageurs, approfondi plusieurs systèmes de

André Gide, *Correspondance avec sa mère (1880-1895)*, Gallimard, 1988, p. 487-490.

philosophie, appris par cœur toutes les fugues de Bach, et écrit les premiers volumes de mes œuvres complètes, – et puis rien, rien, rien. Je n'étais pas triste du tout, seulement je me disais qu'il faudrait m'arranger autrement, et je tâchais de me persuader que La Brévine ne me convenait pas du tout pour la santé (comme aspect, c'est laid à souhait et me plaisait !). Mais si le froid est si terrible, me disais-je, on est forcé de rester constamment enfermé dans des pièces surchauffées : est-ce cela qu'il me faut ? etc. etc. Heidelberg est, dit-on, très sain ; il y aurait aussi le bord de la mer en Bretagne ; ou retourner à Saint-Moritz... – enfin un grand désarroi. La nuit était tombée avant que j'eusse regagné le village... Allons encore voir le pasteur ! Je trouve le type classique de pasteur du village très instruit, lisant les conférences de mon oncle, vivant sous des amoncellements de livres allemands et français. Ils pourraient céder tout le premier étage de la maison.

[...]

Ma lettre est trop longue déjà pour que je me lance dans des considérations psychologiques, mais est-ce curieux, cette recherche d'un logement, si pareille à celle de Biskra – où nous étions si déçus d'abord, pas attristés précisément, mais ne sachant que faire puisque l'on ne trouvait rien, et puis, à la porte, à l'hôtel même, trouvant ce que la terre peut offrir comme spécimen de paradis.

Ô Biskra, ô La Brévine ! C'est absolument prodigieux... Non ! mais te souviens-tu comme nous étions bien à Biskra !! (Tu n'as même jamais bien pu le comprendre). Eh bien ! à La Brévine j'ai trouvé aussi bien. (Et mon chalet d'Annecy que j'oubliais ! Vraiment, il y a des grâces d'état, et je compte là-dessus, car sinon, de passer l'hiver à La Brévine, il faut être enragé déjà pour ne pas le devenir.)

[...]

J'ai considéré que la musique de Chopin ne convient guère à La Brévine, mais, entre toutes,

« Je me refuse à lui donner les Épîtres de saint Paul, car, si, aveugle, elle ne
connaît pas le péché, que sert de l'inquiéter en la laissant lire : "Le péché a pris de
nouvelles forces par le commandement". » (Romains, VII, 13.)
Lélio Orsi : *La Conversion de saint Paul.* Musée du Louvre, Paris. Ph. © R.M.N.

celle de Bach Jean-Sébastien : donc je te prierai (quand tu en auras l'occasion, cela n'est pas pressé) de m'envoyer ou m'apporter tout ce que tu pourras trouver chez nous de cet auteur illustre, dans la collection Peters, et en particulier les deux cahiers démantibulés du *Clavecin bien tempéré* qui était à La Roque et de l'*Art de la Fugue* qui était à Paris. En quittant ce matin La Brévine, je trouvais que tout ce plateau, ce village, ces habitants ressemblaient étrangement aux *Voies de Dieu* de Björnson. Étrangement. C'est tout à fait cela. Peut-être est-ce parce que cela ressemble au nord de la Norvège... Tout cela est prodigieux. La vie m'amuse de plus en plus à vivre.

3. L'INNOCENCE ET LA LOI (1916)

Voici, succédant à une sorte de préface de l'Évangile, les premières pages de *Numquid et tu... ?* Y figurent deux citations qui joueront un rôle capital dans *La Symphonie pastorale* (pp. 107, 146-147) : cf. dans le présent dossier un commentaire d'E.U. Bertalot, p. 190-191.

Il est vrai, ce début de l'Épître aux Romains est confus, plein de redites, fastidieux pour celui qui n'est pas sensible au pathétique effort de l'apôtre pour dégager une vérité si nouvelle, qu'il sent de toute son âme, et non confusément, mais qui se dérobe à la prise et qui lutte avec lui comme un ange, et qui se débat.

André Gide, *Numquid et tu... ?* in *Journal (1889-1939)*, p. 589-590.

Non pas la loi : la grâce. C'est l'émancipation dans l'amour, — et l'acheminement par l'amour vers une obéissance exquise et parfaite.

Il faut y sentir l'effort de la tendre doctrine chrétienne pour faire éclater les étroits langes du sémitisme qui l'enserrent. On ne peut bien comprendre cela avant d'avoir d'abord bien compris l'esprit juif.

*Pour moi, étant autrefois sans loi, je vivais ;
mais quand le commandement vint, le péché reprit
vie, et moi je mourus.*

Certainement il n'est que trop aisé de détourner
de son sens cette parole extraordinaire et de prêter
ici à saint Paul une intention qui n'a jamais été
la sienne. Pourtant, si l'on accorde que la loi
précède la grâce, ne peut-on admettre un état
d'innocence précédant la loi ? *Étant autrefois sans
loi, je vivais.* Cette phrase s'illumine et se gonfle
malgré saint Paul d'une signification redoutable.

Except a man be born again.

Voir tout avec nouveauté ; n'est-ce pas que
le Royaume de Dieu n'est pas autre chose ?
L'innocence du petit enfant : *Si vous ne devenez
semblables à ceux-ci* – à ces petits enfants qui
sont nus et qui n'en éprouvent point de honte.

Étant autrefois sans loi, je vivais. Oh ! parvenir
à cet état de seconde innocence, à ce ravissement
pur et riant.

L'artiste chrétien n'est pas celui qui peint des
saints et des anges, non plus que des sujets
édifiants ; mais qui met en pratique les paroles du
Christ – et je m'étonne qu'on n'ait jamais cherché
à dégager la vérité *esthétique* de l'Évangile.

Oh ! naître de nouveau. Oublier ce que les autres
hommes ont écrit, ont peint, ont pensé, et ce que
l'on a pensé soi-même. Naître à neuf.

9 février (1916).

*Si vous étiez aveugles, vous n'auriez pas de
péché. Mais maintenant vous dites : nous voyons.
C'est pour cela que votre péché subsiste.* (Jean,
IX, 41.)

Comment ne serais-tu pas vaincue d'avance,
pauvre âme, si d'avance tu doutes de la légitimité
de la victoire ? Comment ne résisterais-tu pas
mollement, quand tu doutes si tu dois vraiment
résister ?

Il y a du reste dans ton cas beaucoup plus de manie que de désir véritable – manie du collectionneur qui *se doit* de ne pas laisser échapper cette pièce – comme si sa collection de péchés pouvait jamais être complète ! comme s'il en fallait encore un de plus pour compléter sa perdition !

4. UN SUJET DE ROMAN DE 1916

Ce texte reflète le malaise que Gide éprouve dans la vie conjugale et dont *La Symphonie* fournira un autre reflet.

Je n'aurai sans doute ni la force ni la constance d'écrire l'admirable roman que j'entrevois, autour de ce thème :

André Gide, *Journal (1889-1939)*, p. 569.

Un homme capable également de passions, de dissipation même, et de vertu, épouse, jeune encore, une femme dont l'amour n'exalte en lui que la noblesse, le désintéressement, etc. ; pour elle il sacrifie, sans même s'en douter exactement, tout ce qu'il a d'ardent, d'aventureux, de luxueux ; ou du moins, il met tout cela en réserve.

Une nostalgie abominable s'empare de lui, peu de temps après la mort de cette femme. Il se sent jeune encore. Il veut recommencer une vie, une vie différente, et qui lui apporterait tout ce dont l'a privé la vertu, la réserve, la volontaire pauvreté de la première. Il se lance dans une vie de luxe. Dégoût, mépris de soi qu'il y acquiert...

« Il est impossible d'aimer une seconde fois ce qu'on a véritablement cessé d'aimer », dit La Rochefoucauld. Et cela est vrai même lorsque celui qu'on a cessé d'aimer, c'est soi-même.

Les sujets de mes livres, de chacun, eussent paru idiots, les eussé-je ainsi racontés. Je me persuade que celui-ci, si ridicule qu'il puisse paraître ainsi dépouillé, serait de la plus pathétique beauté. C'est l'histoire de celui qui voudrait renier sa vertu.

5. L'ERGOT DU DIABLE

Le Pasteur est un grand raisonneur floué, sans doute par le Diable...

Mais j'étais scrupuleux et, devant que je m'abandonne, le démon qui m'entreprenait avait à me persuader que ce qui me sollicitait m'était permis, que ce permis m'était nécessaire. Parfois le Malin retournait les propositions, commençait par le nécessaire ; il raisonnait ainsi – car le Malin c'est le Raisonneur : « Comment ce qui t'est nécessaire ne te serait-il pas permis ? Consens à appeler nécessaire ce dont tu ne peux pas te passer. Tu ne peux te passer de ce dont tu as le plus soif. Consens à ne plus appeler péché ce dont tu ne peux te passer. Une grande force te viendrait, ajoutait-il, si plutôt que de t'user à lutter ainsi contre toi-même, tu ne luttais plus que contre l'empêchement du dehors. Pour celui qui apprit à lutter, il n'est empêchement qui tienne. Va, sache triompher enfin de toi-même et de ta propre honnêteté. Ne t'ai-je pas appris à reconnaître une habitude héréditaire dans ta droiture et la simple prolongation d'un élan ; de la timidité, de la gêne, dans ta pudeur ; moins de décision que de laisser-aller, dans ta vertu... ? »

Bref, il tirait argument et avantage de ce qu'il m'en coûtait de céder à mon désir plutôt que de le brider encore. Certes, les premiers pas que je fis sur la route en pente, il me fallut, pour les risquer, quelque courage, et même de la résolution.

Il va sans dire que je ne compris que beaucoup plus tard ce qu'il y avait, dans cette exhortation, de diabolique. Je croyais alors que j'étais seul à parler et que ce dialogue spécieux je l'engageais avec moi-même.

[...]

La grande méprise, et qui lui permet de se glisser incognito dans notre vie, c'est que,

André Gide, *Journal (1889-1939)*, « *Feuillets* » (1916-1917), p. 607-608.

« Au demeurant, Jacques raisonne bien, et si je ne souffrais de rencontrer, dans un si jeune esprit, déjà tant de raideur doctrinale, j'admirerais sans doute la qualité de ses arguments et la constance de sa logique. »
Ingres, Œdipe et le Sphinx. Musée du Louvre, Paris. Ph. © Bulloz.

d'ordinaire, on ne veut reconnaître sa voix qu'à l'instant de la tentation même ; mais il hasarde rarement une offensive avant de l'avoir préparée. Il est bien plus intelligent que nous, et c'est surtout dans le raisonnement qu'il se cache ; si nous étions plus humbles, c'est lui que nous reconnaîtrions dans le *Cogito ergo sum*. Cet *ergo*, c'est l'ergot du diable. Il sait qu'il est certaines âmes qu'il n'emportera pas de vive lutte, et qu'il importe de persuader.

6. LA JOIE CONTRE LA LOI : L'AMOUR DE MARC

Cuverville, 30 novembre [1917]

André Gide, *Journal (1889-1939)*, p. 639-640.

À peine de retour, me voici rappelé par une dépêche d'Éric Allégret.

La veille de mon départ, le 22, j'avais achevé ma traduction de *Cléopâtre* – dont j'ai fait lecture à Ida Rubinstein chez Bakst.

Immense étourdissement du bonheur.

Ma joie a quelque chose d'indompté, de farouche, en rupture avec toute décence, toute convenance, toute loi. Par elle je retourne au balbutiement de l'enfance, car elle ne présente à mon esprit que nouveauté. J'ai besoin de tout inventer, mots et gestes ; rien du passé ne satisfait plus mon amour. Tout en moi s'épanouit, s'étonne ; mon cœur bat ; une surabondance de vie monte à ma gorge comme un sanglot. Je ne sais plus rien ; c'est une véhémence sans souvenirs et sans rides...

Longue contemplation devant le foyer. Par instants, du milieu des *living embers*, un minuscule tison jette une lueur plus blanche et plus forte, qui se maintient, s'intensifie encore, jusqu'à l'instant de tourner en cendres. Ainsi que le charbon s'avive et blanchit s'il reçoit son plein appétit d'oxygène...

Cuverville, 8 décembre.

Hier soir retour de Paris pour où j'étais parti le 1er décembre. Une immense et charmante joie n'a pas cessé de m'habiter ; pourtant, avant-hier, et pour la première fois de ma vie, j'ai connu le tourment de la jalousie. En vain cherchais-je à m'en défendre. M. n'est rentré qu'à 10 heures du soir. Je le savais chez C... Je ne vivais plus. Je me sentais capable des pires folies, et mesurais à mon angoisse la profondeur de mon amour. Elle n'a du reste point duré...

Le lendemain matin, C. que j'allais revoir acheva de me rassurer, me racontant selon son habitude, les moindres paroles et les moindres gestes de leur soirée.

7. ANNEXE 1 : ÉVANGILE SELON SAINT MATTHIEU (XVIII, 1-22)

Ce passage de la Bible apparaît aux pages 22, 39, 40, 106 et 112 de *La Symphonie pastorale*.

Qui est le plus grand ?

18. [1]À ce moment les disciples s'approchèrent de Jésus pour lui demander : « Qui donc est le plus grand dans le Royaume des Cieux ? »[2] Il appela un petit enfant, le plaça au milieu d'eux [3]et dit : « En vérité je vous le dis, si vous ne retournez à l'état des enfants, vous ne pourrez entrer dans le Royaume des Cieux. [4]Qui donc se fera petit comme ce petit enfant-là, voilà le plus grand dans le Royaume des Cieux. »

Le scandale.

[5]« Quiconque accueille un petit enfant tel que lui à cause de mon Nom, c'est moi qu'il accueille. [6]Mais si quelqu'un doit scandaliser l'un de ces petits

La Bible de Jérusalem, trad. sous la direction de l'École biblique de Jérusalem, Éditions du Cerf, 1956, p. 1313-1314.

qui croient en moi, il serait préférable pour lui de se voir suspendre autour du cou une de ces meules que tournent les ânes et d'être englouti en pleine mer. [7]Malheur au monde à cause des scandales ! Il est fatal, certes, qu'il arrive des scandales, mais malheur à l'homme par qui le scandale arrive ! »

[8]« Si ta main ou ton pied sont pour toi une occasion de péché, coupe-les et jette-les loin de toi : mieux vaut pour toi entrer dans la Vie manchot ou estropié que d'être jeté avec tes deux mains ou tes deux pieds dans le feu éternel. [9]Et si ton œil est pour toi une occasion de péché, arrache-le et jette-le loin de toi : mieux vaut pour toi entrer borgne dans la Vie que d'être jeté avec tes deux yeux dans la géhenne de feu. »

[10]« Gardez-vous de mépriser aucun de ces petits : car, je vous le dis, leurs anges aux cieux se tiennent constamment en présence de mon Père qui est aux cieux. »

La brebis égarée.

[12]« À votre avis, si un homme possède cent brebis et qu'une d'elles vienne à s'égarer, ne va-t-il pas laisser les quatre-vingt-dix-neuf autres dans les montagnes pour partir à la recherche de l'égarée ? [13]Et s'il parvient à la retrouver, en vérité je vous le dis, il tire plus de joie d'elle que des quatre-vingt-dix-neuf qui ne se sont pas égarées. [14]De même on ne veut pas, chez votre Père qui est aux cieux, qu'un seul de ces petits se perde. »

Correction fraternelle.

[15]« Si ton frère vient à pécher, va le trouver et reprends-le, seul à seul. S'il t'écoute, tu auras gagné ton frère. [16]S'il ne t'écoute pas, prends encore avec toi un ou deux autres, pour que *toute affaire soit décidée sur la parole de deux ou trois témoins*. [17]Que s'il refuse de les écouter, dis-le à la communauté. Et s'il refuse d'écouter même

la communauté, qu'il soit pour toi comme le païen et le publicain. »

¹⁸« En vérité je vous le dis : tout ce que vous lierez sur la terre sera tenu au ciel pour lié, et tout ce que vous délierez sur la terre sera tenu au ciel pour délié. »

Prière en commun.

¹⁹« De même, je vous le dis en vérité, si deux d'entre vous, sur la terre, unissent leurs voix pour demander quoi que ce soit, cela leur sera accordé par mon Père qui est aux cieux. ²⁰Que deux ou trois, en effet, soient réunis en mon Nom, je suis là au milieu d'eux. »

Pardon des offenses.

²¹Alors Pierre, s'avançant, lui dit : « Seigneur, combien de fois devrai-je pardonner les offenses que me fera mon frère ? Irai-je jusqu'à sept fois ? » ²²Jésus lui répond : « Je ne te dis pas jusqu'à sept fois, mais jusqu'à soixante-dix-sept fois. »

8. ANNEXE 2 : SAINT PAUL, ÉPÎTRE AUX ROMAINS (VII, 7-25)

Ce passage de saint Paul apparaît aux pages 108 et 146 de *La Symphonie pastorale*.

Le rôle de la loi.

⁷Qu'est-ce à dire ? Que la loi est péché ? Certes non ! Seulement je n'ai connu le péché que par la loi. Et, de fait, j'aurais ignoré la convoitise si la loi n'avait dit : *Tu ne convoiteras pas.* ⁸Mais, saisissant l'occasion, le péché par le moyen du précepte produisit en moi toute espèce de convoitise : car sans la loi le péché n'est qu'un mort.

⁹Ah ! je vivais jadis sans la loi ; mais quand le précepte est survenu, le péché a pris vie ¹⁰tandis que moi je suis mort, et il s'est trouvé que le précepte fait pour la vie me conduisit à la mort.

La Bible de Jérusalem, éd. citée, p. 1500-1501.

¹¹Car le péché saisit l'occasion et, utilisant le précepte, me *séduisit* et par son moyen me tua.

¹²La loi, elle, est donc sainte, et saint le précepte, et juste et bon. ¹³Une chose bonne serait-elle donc devenue mort pour moi ? Certes non ! Mais c'est le péché qui, afin de paraître péché, se servit d'une chose bonne pour me procurer la mort, afin que le péché exerçât toute sa puissance de péché par le moyen du précepte.

La lutte intérieure.

¹⁴En effet, nous savons que la loi est spirituelle ; mais moi je suis un être de chair, vendu au pouvoir du péché. ¹⁵Vraiment ce que je fais je ne le comprends pas : car je ne fais pas ce que je veux, mais je fais ce que je hais. ¹⁶Or si je fais ce que je ne veux pas, je reconnais, d'accord avec la loi, qu'elle est bonne ; ¹⁷en réalité ce n'est plus moi qui accomplis l'action, mais le péché qui habite en moi. ¹⁸Car je sais que nul bien n'habite en moi, je veux dire dans ma chair ; en effet, vouloir le bien est à ma portée, mais non pas l'accomplir : ¹⁹puisque je ne fais pas le bien que je veux et commets le mal que je ne veux pas. ²⁰Or si je fais ce que je ne veux pas, ce n'est plus moi qui accomplis l'action, mais le péché qui habite en moi.

²¹Je découvre donc cette loi : quand je veux faire le bien, c'est le mal qui se présente à moi. ²²Car je me complais dans la loi de Dieu du point de vue de l'homme intérieur ; ²³mais j'aperçois une autre loi dans mes membres qui lutte contre la loi de ma raison et m'enchaîne à la loi du péché qui est dans mes membres.

²⁴Malheureux homme que je suis ! Qui me délivrera de ce corps qui me voue à la mort ? ²⁵Grâces soient à Dieu par Jésus Christ notre Seigneur !

C'est donc bien moi qui par la raison sers une loi de Dieu et par la chair une loi de péché.

II. GIDE À L'ŒUVRE ET APRÈS

9. DEUX PAGES ABANDONNÉES
DE *LA SYMPHONIE PASTORALE*

Le passage aurait pris la suite de ce qui constitue le premier paragraphe de la page 34 en édition Folio. Il aurait donc précédé l'alinéa « surtout ne cherche pas... »
Ce texte appartient à la première campagne d'écriture (voir plus haut : « Une rédaction contrariée »).

[...] Par exemple ne manquez point en lui tendant l'écuelle de soupe, de lui redire ce mot : soupe. Si dès le début [vous l'aviez fait] aviez eu ce soin, elle saurait déjà la demander autrement qu'en grognant ou gémissant comme elle fait, mais bien en répétant elle-même [pour « soupe »] ce mot. Et puisque vous me dites qu'elle semble trouver plaisir à sentir la tiédeur de votre chatte sur ses genoux et que celle-ci vient volontiers s'y blottir, usez-en de même qu'avec l'écuelle de soupe, posant l'animal sur elle ou le retirant, en répétant inlassablement la même sonorité avec une intonation alternativement interrogative ou affirmative, et n'ayez de cesse qu'elle-même n'ait redit le mot. Puis lorsque l'association sera bien formée, avant que de nommer d'autres objets, groupez autour de ceux-ci une phrase très simple. Sur le ton interrogatif dites à chaque fois, par exemple : Gertrude veut le chat ? ou Gertrude veut la soupe ? Elle s'habituera peu à peu à redire la phrase ; puis vous l'[occuperez] instruirez d'autres objets et d'autres noms ; et lorsque < sentant > [changeant] changer à la fois le nom et l'objet, elle entendra pourtant ce mot : Gertrude, ne changer point, elle prendra de sa personnalité une conscience embrionnaire [*sic*] sur laquelle

André Gide, *La Symphonie pastorale,* édition établie et présentée par Claude Martin, Paris, Lettres Modernes, 1970, "Paralogue" 4. p. 27.

155

bientôt il vous sera possible de tabler. < Dès à présent le monde extérieur existe pour elle ; de même elle a vaguement conscience d'autrui, < elle distingue les voix de votre femme, de vos enfants, la vôtre, et ces voix ne lui sont pas toutes également agréables ; mais elle les entend avec plaisir > ; ce qui existe encore le moins précisément pour elle, c'est elle-même. Elle ne commencera vraiment d'exister qu'en comprenant confusément que Gertrude est son nom, qu'elle est Gertrude. > Mais ne cherchez pas d'aller trop vite et surtout ne la fatiguez point, [ajouta-t-il,] occupez-vous d'elle à des heures régulières, et jamais trop longtemps de suite...

Au retour d'Angleterre, Gide éprouve le besoin de faire un brouillon quand il reprend la rédaction du récit. En voici le début (en italique apparaît le texte publié ; voir Folio, p. 104).

L'instruction religieuse de Gertrude m'a amené à [forcé de] *relire l'Évangile avec un œil neuf. Il m'apparaît de plus en plus que nombre des notions dont se compose notre foi chrétienne* [s'autorisent non des paroles du Christ mais de l'enseignement de Saint Paul ; [et] or je reconnais de moins en moins dans la dialectique de[s apôtres] l'apôtre la même animation que dans l'Évangile. [II] La grande erreur du protestantisme a été de ne point, < abandonner Saint Paul aux catholiques et, > renonçant Rome, résigner du même coup l'épitre aux Romains. Oh ! ce n'est point un jeu de mots que je fais. Il m'apparaît de plus en plus nettement que la religion catholique est paulinienne plutôt que chrétienne que nous [sommes moins] serions plus chrétiens si nous savions recourir plus uniquement et plus directement au Christ et que Saint Paul, dès que nous en appelons à lui, [donnera] fournira toujours des arguments en faveur de l'église romaine et lui donnera raison contre nous].

Ibid., p. 91.

*relèvent non des paroles du Christ mais des
commentaires de Saint Paul.*

*Ce fut proprement le sujet de la discussion que
je viens d'avoir avec Jacques.* [Son esprit vient
d'être travaillé dans ce sens par un père de la
doctrine chrétienne [avec qui il] [qui vient de]
qu'une tournée de propagande amenait récemment
à Lausanne, et avec qui Jacques [n'a pas craint,
hélas,] est [bien] imprudemment [d'entrer] entré
en rapport et en conversation. La thèse qu'il
soutient aujourd'hui lorsque je lui expose ma façon
de voir, est celle-ci (qui me ramène au temps
de ma jeunesse, alors que je demandais à ma
raison des arguments pour étayer une foi à quoi
je faisais injure en ne la considérant pas
simplement comme le plus impérieux besoin de
mon cœur) : [Tu ne peux] On ne [parvenir] parvient
« pas » à fonder une religion sur les seules paroles
du Christ. Mais tandis qu'en ce temps-là, perdant
de vue les paroles du Christ : de quoi vous
inquiétez-vous, je ne me tenais pour satisfait que
si [je trouvais] [j'inventais] je trouvais dans les
textes sacrés, ou inventais, de quoi [fond] édifier
un temple, « entourer » un[e] [église] autel,
aujourd'hui je suis près de m'écrier « qu'importe ! »
Qu'importe l'autel pour [celui là qu'habite] celui dans
le cœur de qui règne Dieu ? Qu'importe le dogme
« et la loi » pour celui que l'amour [habite] dirige ?
[Qu'importe] Je cherche [de part en part] à travers
l'Évangile, je cherche en vain [le] commandement,
[la] « menace, » défense... Tout cela.] *De tempérament un peu sec, son cœur ne fournit pas à sa
pensée un aliment suffisant ; il devient traditionaliste
et dogmatique.*

10. UN SUJET DE ROMAN EN MAI 1918

**Ce projet reflète l'incertitude de celui qui à la fois
écrit *La Jeune Aveugle* et veut ne plus cacher**

« Il faut que je vous fasse un aveu, pasteur, car ce soir j'ai peur de mourir,
dit-elle. Je vous ai menti ce matin... Ce n'était pas pour cueillir des fleurs... Me
pardonnerez-vous si je vous dis que j'ai voulu me tuer ? »
J.E. Millais, *La mort d'Ophélie*. Londres. Tate Gallery. Ph. © Archives Smark. Edimédia.

l'amour qui le lie à Marc Allégret. Sans le long séjour en Angleterre, *La Symphonie pastorale* ne pouvait sans doute être menée à terme. – Pour la chronologie de rédaction, ce texte doit s'intercaler entre les « deux pages abandonnées » qui précèdent.

9 mai.

L'admirable sujet de roman que voici :

X. fait un immense effort d'ingéniosité, de combinaison, de duplicité, pour réussir une entreprise qu'il sait répréhensible. Il y est poussé par son tempérament, qui a des exigences, puis par la morale qu'il s'est faite à cette fin de les satisfaire. C'est une contention extrême et de toutes les heures ; il y dépense plus de résolution, d'énergie, de patience qu'il ne faudrait pour réussir le meilleur. Et, quand enfin l'événement est à ce point préparé qu'il n'y ait plus qu'à laisser venir, la détente qu'il éprouve alors lui permet de réfléchir ; il reconnaît alors qu'il n'a plus grand désir pour cette félicité trop escomptée. Mais il est trop tard à présent pour s'en dédire ; il est pris lui-même dans la machine qu'il a construite et mise en branle, et malgré qu'il en ait, il faut maintenant qu'il poursuive son élan jusqu'au bout. L'événement qu'il ne maîtrise plus l'emporte et c'est presque passivement qu'il assiste à sa perdition. À moins que brusquement il ne s'y dérobe par une sorte de lâcheté ; car il en est qui n'ont point le courage de pousser jusqu'au bout leurs gestes, sans du reste en être plus vertueux pour cela. Au contraire, ils sortent de là diminués et avec moindre estime d'eux-mêmes. C'est pourquoi, tout bien considéré, X. persévérera, mais sans plus de désir, sans joie et plutôt par *fidélité.* C'est la raison pourquoi il y a souvent si peu de bonheur dans le crime – et ce qu'on appelle « repentance » n'est parfois que l'exploitation de cela.

André Gide, *Journal,* (1889-1939), p. 652-653.

Le bonheur aveugle, l'amour de Madeleine et l'ambiguïté de *La Symphonie pastorale* : Mme Théo Van Rysselberghe (« la Petite Dame ») rapporte des propos émis par Gide sur de tels sujets au cours des mois suivant l'achèvement du récit.

L'expression « ces lettres » du premier extrait désigne l'ensemble des lettres que Gide avait envoyées à son épouse Madeleine et qu'elle avait détruites dans leur totalité pendant le séjour de son mari avec Marc Allégret en Angleterre.

(10-17 janvier 1919)

« Je ne puis encore regarder en face la disparition de ces lettres ; pour la supporter, il faut que je n'y pense pas, sinon, je sens aussitôt toute ma vie désaxée. J'ai été comme quelqu'un qui, au sein d'une félicité parfaite, se dit brusquement : j'ai fondé mon bonheur sur le malheur d'autrui, et comme un niais, un aveugle, je n'ai rien vu, rien soupçonné de l'horrible souffrance qui était à côté de moi, et j'ai profité de cette cécité. Vous comprenez que cette idée est proprement insoutenable. Quand je pense à la mère qu'elle aurait pu être, à l'amante même ! J'ai été odieux. »

(21 avril 1919)

À propos de cette impression qu'il a de récolter ce qu'il a semé depuis vingt ans, il rapporte une conversation avec Madeleine, à son dernier séjour à Cuverville. « Elle me disait : "Ce qui me terrifie, c'est ton importance grandissante", et comme je répondais en souriant : "*La Symphonie pastorale* n'est pas bien terrible, elle va dans le sens du mariage, de la famille... – Oui, fit-elle, et je crois que c'est pour cela que le livre est moins

Maria Van Rysselberghe, *Les Cahiers de la Petite Dame, 1918-1929*, I, « Cahiers André Gide » 1973, p. 10, 16 et 25.

important ; certes, c'est peut-être un des plus réussis, mais je crois qu'un autre aurait pu l'écrire, tandis que..." »

(entre le 8 mai et le 6 juin 1919)

Il parle de *La Symphonie pastorale :* « C'est quand je puis dire "Je" au nom d'un autre que je parle le mieux. Quand il s'agit de dire ma vraie pensée, c'est une abondance, un imbroglio, une forêt vierge. »

12. PROJET DE PRÉFACE
POUR *LA SYMPHONIE PASTORALE*
(1920 ?)

Il n'est je crois pas un de mes livres dont je portai le sujet plus longtemps en tête (Paul-Albert Laurens se souvient que je lui en parlai au cours de notre voyage à Biskra – 93). Et pourtant c'est celui de mes livres que je sacrifierais le plus volontiers, si je savais, par l'abandon d'un d'eux, pouvoir éterniser les autres.

Les éloges que lui accordent aujourd'hui les critiques ne me paraissent point tant exagérés que disproportionnés avec leur peu d'attention pour certains de mes autres livres que je tiens pour plus importants (*Les Caves du Vatican* par exemple). Et même il me paraît que, de mes « récits », ce dernier est moins opportun que *L'Immoraliste,* moins pathétique que *La Porte étroite,* et moins réussi qu'*Isabelle.* Mais le succès marche rarement de conserve avec le mérite, et peut-être certains critiques commençaient-ils de se sentir < un peu > en retard avec moi.

Des amis, qui [sans doute] je l'espère n'ont point tort d'attendre de moi quelque œuvre plus riche et plus particulière, m'ont demandé pourquoi j'usais ainsi mon encre et ma force sur un sujet qui ne m'intéressait pas du tout. Leur répondrai-je qu'il est de mon tempérament de toujours différer

La Nouvelle Revue française, « Hommage à André Gide », 10 novembre 1951, p. 377-379. Nous reportons les corrections de l'édition critique de Claude Martin (*EC,* p. 134-138).

le meilleur ? J'écrirais volontiers, à la fin de chacun de mes livres : « Le plus important reste à dire ». J'ai souci d'abord de m'assurer de l'écouteur. Puis je sortais d'une longue période d'inactivité intellectuelle, plein de doutes, d'appréhensions, de modesties ; je souhaitais réentraîner ma plume et l'essayer d'abord à neuf sur un sujet sans trop d'importance – comme précédemment j'avais fait avec *Le Retour de l'Enfant prodigue,* à la suite d'une autre période d'inhibition... Mais surtout ce sujet me gênait, se mettait en travers, et je sentais que je ne pourrais m'atteler à rien d'autre le cœur léger, avant d'abord d'en être quitte. C'était le dernier de mes projets de jeunesse, derrière quoi je ne voyais plus rien qui m'empêchât de travailler enfin librement ; je veux dire : sans plan préconçu. Car jusqu'à ce jour, je n'ai fait que m'acquitter d'anciens projets ; il n'est pas un de mes livres qui n'ait été conçu, dessiné à peu près complètement, entre vingt et trente ans ; disons même, plus exactement : entre vingt et vingt-cinq. Ce fut, pour chacun d'eux, comme une illumination subite, le livre m'apparaissant d'un coup, comme, dans une nuit d'orage, un paysage inconnu, à la lueur brusque de l'éclair. (Léon Daudet dit, à propos des livres de son père, quelque chose d'analogue, s'il me souvient bien, et même je ne suis pas sûr de ne pas lui emprunter mon image. Elle est on ne peut plus exacte. Oui, tout vous apparaît à la fois et jusqu'au plus lointain détail, mais si fugacement qu'il faut ensuite un patient effort pour rétablir et reconstituer ce qu'on n'a pu distinguer suffisamment d'abord.) Dès vingt-cinq ans, mes livres étaient là, rangés devant moi ; il ne me restait plus qu'à les écrire. J'y ai mis le temps.

Ce que je vous en dis explique sans doute le défaut de la plupart d'entre eux : l'étrécissement de leur partie finale ; pressé que je suis de me délivrer d'eux et de passer à autre chose. Explique également cet état d'anachronisme où je me sens presque toujours par rapport à ce que j'écris [1] – état qui [sans doute], d'autre part, permet le plus libre jeu de l'esprit critique et cette domination du sujet, que Mr. Benda estime tant lorsqu'il la rencontre ailleurs que chez moi – mais retient le foisonnement et cette sorte de flux immédiat, irresponsable et souvent presque inconscient, pour lequel je donnerais toutes les qualités que prône Mr. Benda.

C'est bien aussi pourquoi, depuis longtemps, je me défends de porter en moi de nouveaux projets ; ou du moins me défends de rien dessiner par avance [désireux, si ce projet c'est un roman, de le laisser se former].

1. [Qui fit que] pour mener à bien la *Symphonie,* je [me] dus me mettre l'esprit à la torture, car rien n'était plus différent de ce que je souhaitais présentement d'écrire, que ces subtilités, ces nuances, auxquelles me contraignait mon sujet ; rien ne m'écœurait plus.

13. LETTRE À UN CRITIQUE

Des articles ont salué la parution de *La Symphonie pastorale* dans *La Nouvelle Revue française* ; celui de René Salomé (*Revue des Jeunes,* 10 février 1920) est des tout premiers. Voici le brouillon d'une lettre de Gide à ce critique. Le texte, de février 1920, a été conservé dans les Archives de Mme Catherine Gide et publié en 1970 par Claude Martin.

Monsieur,

Un ami qui me sait désabonné de tous les « Lynx » me communique le n° de la *Revue des Jeunes* où je lis votre article sur la *Symphonie pastorale*, avec un intérêt très vif. Je passe outre vos louanges, que je ne puis savoir si je mérite ; et vous remercie de l'attention avec laquelle vous m'avez lu. Mais il ne me semble pas que vous vous éclairiez comme il faut les raisons qui me font écrire – de sorte que je doute si, dans vos

André Gide, *La Symphonie pastorale,* éd. citée, p. 166-167.

critiques, c'est bien contre moi que vous avez raison. Vous semblez croire que l'ennui et l'inquiétude habitent mon âme, et que chacun de mes livres marque un effort pour y échapper. Effort vain. La fondrière où mène l'immoralisme (et l'inemploi de la vie après que l'on a « triomphé » des raisons de vivre), l'excès et le désarroi où le protestantisme (le jansénisme de même) peut précipiter certaines âmes – et le complaisant danger où peut entraîner la libre interprétation de l'Écriture – ce sont là les critiques que vous faites à mon *Immoraliste,* à la *Porte étroite,* à la *Symphonie pastorale*... Mais ne sont-ce pas là précisément les sujets mêmes de ces livres, et pensez-vous vraiment que je les eusse écrits si ce n'était pour y *montrer* ce que vous semblez y découvrir malgré moi ? Mon tort est sans doute de laisser les lecteurs s'y méprendre, et votre rôle à vous est bien de les avertir ; mais persuadez-vous, je vous en prie, que cette lucidité de style que je vous sais gré de reconnaître à mes écrits, je ne l'obtiendrais point si je m'étais « laissé séduire ».

Il m'arrive bien rarement de répondre aux critiques, veuillez voir dans cette lettre, je vous prie, le cas particulier que je fais de la vôtre, et croire à mes sentiments bien cordiaux.

Oserai-je vous affirmer qu'il n'y a pas de... sentiment qui me soit plus étranger que l'ennui. Je m'avance du plus calme et du plus souriant que je peux sur une route en crête, ayant grand soin de ne verser ni de gauche ni de droite ; les abîmes qui la bordent, s'il m'arrive de me pencher sur eux et de les éclairer prémonitoirement pour autrui, comprenez que si j'y roulais moi-même je ne serais plus à même d'en parler de la manière que je fais.

14. L'"ESPRIT FAUX"

Ce qu'on appelle un « esprit faux » (l'autre haussait les épaules devant cette locution toute faite et déclarait qu'elle n'avait aucun sens) – eh bien ! je m'en vais vous le dire : c'est celui qui éprouve le besoin de se persuader qu'il a *raison* de commettre tous les actes qu'il a envie de commettre ; celui qui met sa raison au service de ses instincts, de ses intérêts, ce qui est pire, ou de son tempérament. Tant que Lucien ne cherche qu'à persuader les autres, il n'y a que demi-mal ; c'est le premier degré de l'hypocrisie. Mais, avez-vous remarqué que, chez Lucien, l'hypocrisie devient de jour en jour plus profonde. Il est la première victime de toutes les fausses raisons qu'il donne ; il finit par se persuader lui-même que ce sont ces fausses raisons qui le conduisent, tandis qu'en vérité c'est lui qui les incline et les conduit. Le véritable hypocrite est celui qui ne s'aperçoit plus du mensonge, celui qui ment avec sincérité.

M. dit de Lucien qu'il est « tout pénétré par sa façade ».

André Gide *Journal des Faux-Monnayeurs,* août 1921, Gallimard, 1927, p. 58-59.

15. *LA PASTORALE.*
ADAPTATION CINÉMATOGRAPHIQUE

Sous ce titre on trouve le manuscrit que Gide a rédigé en 1945, lorsqu'il proposa d'abord à Jean Delannoy de rédiger lui-même le scénario à partir de son récit. En voici deux pages que Claude Martin a publiées en 1970.

Pour la comparaison, il convient de se reporter aux pages 45-48 et 56-57 de l'édition Folio.

Dans le petit jardin du Presbytère (pas très soigné, car on n'a pas le temps de s'en occuper beaucoup) : fleurs en désordre, chants d'oiseaux ; Gertrude, au bras du Pasteur, se promène

André Gide, *La Symphonie pastorale,* éd. citée, [texte du cahier], p. 191-193.

lentement. Cette image accompagne les dernières phrases du Pasteur : « Gertrude s'était extraordinairement développée », etc. Ils gagnent tous deux un vieux banc ensoleillé où ils s'asseoient. C'est seulement alors, et après un temps où l'on voit Gertrude tourner sa face vers le soleil – elle semble déguster ses rayons :

Gertrude. – Il faut que je vous raconte, Pasteur... Autrefois, le chant des oiseaux, quand je l'entendais, je croyais que c'était un simple effet de la lumière, et de la chaleur du soleil que je sentais sur mes joues, sur mes bras. Oui, je croyais que l'air se mettait naturellement à chanter, comme l'eau se met à bouillir près du feu. J'étais si sotte ; personne ne m'avait rien appris. Mais j'écoute ces voix, depuis que vous m'avez appris que ce sont celles de créatures vivantes. Pourquoi les autres animaux ont-ils des voix si tristes, Pasteur ?... Les bœufs, les vaches, les brebis ont toujours l'air de se plaindre. ... Pourquoi ne répondez-vous pas ?... Ce que je dis vous paraît stupide ?

Pasteur (en protestation). – Oh ! Gertrude...

Gertrude. – Pourquoi dites-vous : « Oh ! Gertrude » d'un ton si triste, vous aussi ? On n'a pas le droit de ne pas être heureux quand il fait si beau. L'air est léger. (Elle indique un buisson, d'où sort un chant d'oiseau :) Écoutez-les !... Je crois que je comprends tout ce qu'ils disent. Pasteur, je suis joyeuse comme un oiseau. Croyez-vous qu'on ait besoin d'yeux, pour sentir que la terre est belle ? Est-ce vrai, ce que m'a dit Charlotte, que les rossignols ne chantent jamais si bien que quand ils ont les yeux crevés ?

Pasteur. – Elle n'aurait pas dû te dire cela.

Gertrude. – Pourquoi ? Est-ce de penser que je suis aveugle qui vous rend triste, et parce que je ne puis pas voir les belles choses que vous voyez ?

La vue s'étend sur le petit jardin, très simple et, somme toute, assez misérable...

Pasteur. – Mais, Gertrude, je ne suis pas triste.

Gertrude. – Oh ! pasteur, vous mentez. Je sens très bien que vous êtes triste. J'ai l'ouïe très fine : je sens très bien quand ce que l'on me dit n'est pas vrai. Écoutez... Je veux vous parler sérieusement, ce matin. Il y a des choses que je veux vous dire depuis longtemps... (Avec un peu de gêne d'abord, puis dans un élan de franchise :) Vous vous occupez beaucoup trop de moi, Pasteur.

Pasteur (devenu très inquiet). – Cela t'ennuie ?

Gertrude (en toute confiance et sourire). – Vous savez bien que non. Mais vous me donnez un temps que vous pourriez mieux employer. Vous m'avez appris tant de choses...

Pasteur (amer et ironique). – Pour que tu puisses te passer de moi.

Gertrude. – Non, pasteur ; vous savez très bien que ce n'est pas cela que je veux dire. (Ceci dit d'un ton parfaitement sincère. En général le ton de l'aveugle doit être d'une telle honnêteté, authenticité, que tous les autres, auprès, paraissent un peu factices.) Mais, à présent, je puis lire et marcher seule. Je n'ai plus besoin de vous aussi constamment qu'autrefois. Je ne m'ennuie jamais, quand je suis seule. Ou, si vous préférez : je ne me sens jamais seule, avec Dieu. Et vous avez d'autres devoirs... que je crains que vous ne négligiez pour moi.

Pasteur. – Mais, je...

Gertrude. – Non ; laissez-moi parler... Je crains que tante Amélie, elle aussi, ne soit triste ; et, peut-être, à cause de cela.

Pasteur. – Je ne sais pas ce qui a pu te faire croire que...

Gertrude (l'interrompant, et avec un rien de tristesse). – Les aveugles entendent, je crois, plus de choses que ceux qui y voient... Alors, écoutez : Jacques revient bientôt. Il va passer ici ses vacances. Il aura plus de temps que vous. J'ai pensé que vous pourriez vous décharger sur lui de beaucoup de soins et de soucis qui ne concernent pas votre ministère. (En riant :) C'est comme cela que ça se dit, n'est-ce pas ?

Pasteur (subitement rembruni, et d'autant plus apparemment qu'il sait que l'aveugle ne peut pas le voir). – Mais, Gertrude...

Gertrude. – Je suis sûre qu'il acceptera très volontiers, pour vous aider. Il était très obligeant. J'espère que cette longue absence ne l'aura pas changé.

16. ANNEXE 3 : *LA SYMPHONIE PASTORALE D'APRÈS ANDRÉ GIDE* (JEAN DELANNOY, JEAN AURENCHE, PIERRE BOST).

Le Pasteur revient au presbytère d'une visite qu'il a effectuée chez un malade. Nous sommes encore au début du film, mais Gertrude n'est plus une enfant ; elle a dix-sept ans. Pour la comparaison, on se reportera aux pages 41-43 et 56-59 de l'édition Folio. De toute l'adaptation il ne sera jamais question de la symphonie de Beethoven.

BUREAU DU PASTEUR

Dès que le pasteur referme la porte, on entend...
VOIX DE GERTRUDE : Bonjour, pasteur.

Le pasteur sourit, et se dirige vers la cheminée. Gertrude est assise, de dos, devant un feu de bois. Elle est en train de lire un gros livre en Braille.

Le pasteur a laissé ses soucis et sa gravité à la porte. Le ton est enjoué et chez Gertrude on trouve une sorte de familiarité, de camaraderie, presque, qui n'est pas tout à fait le ton sur lequel les autres parlent au pasteur.

La Symphonie pastorale d'après André Gide, Adaptation de Jean Delannoy et Jean Aurenche. Dialogues de Pierre Bost et Jean Aurenche (D.R.).

LE PASTEUR : Je croyais te voir au jardin. Il fait encore très doux dehors, tu sais.

GERTRUDE : Je n'aime pas être au jardin quand Amélie et Charlotte travaillent. Je voudrais les aider, je ne peux pas... ça me gêne.

Le pasteur se rembrunit un peu, mais il reprend vite le ton jovial.

LE PASTEUR : Devine ce que je t'apporte...

Il dépose sur le marbre de la cheminée un tout petit lapin de garenne.

Il se tourne vers Gertrude.

LE PASTEUR : Lève-toi. C'est sur la cheminée.

Gertrude s'approche du petit lapin. Après quelques tâtonnements, ses mains rencontrent le corps du petit animal.

GERTRUDE, *ravie* : Oh ! c'est un petit chat !

LE PASTEUR : Non.

Elle touche les oreilles.

GERTRUDE : Un lapin.

LE PASTEUR : Oui... c'est un petit lapin qui courait sur la route devant moi. Est-ce que ça te fait plaisir ?

Elle a pris le petit animal et le caresse. Puis elle se tourne vers le pasteur.

GERTRUDE : Vous me demandez souvent cela, pasteur... si je suis heureuse. Ça ne se voit pas ? Ça ne se voit pas sur mon visage ?

LE PASTEUR : C'est que, Gertrude, tu ne souris pas.

GERTRUDE : Comment fait-on pour sourire ?

LE PASTEUR : On sourit malgré soi, souvent. Ce n'est pas un acte de volonté.

GERTRUDE : Montrez-moi, pasteur.

Le pasteur prend Gertrude par les épaules et la fait se retourner vers la glace.

GERTRUDE : C'est la bouche qui sourit, n'est-ce pas ?

LE PASTEUR : Oui, la bouche, les yeux, tout le visage.

GERTRUDE : Apprenez-moi.

« Mon père, m'a-t-il dit, il ne sied pas que je vous accuse ; mais c'est l'exemple de votre erreur qui m'a guidé. »
Coypel, *L'erreur*. Musée du Louvre, Paris. Ph. © R.M.N.

Le pasteur passe les bras autour des épaules de Gertrude et, avec ses doigts, il remonte très légèrement les coins de la bouche de l'aveugle qui semble se regarder dans la glace.

LE PASTEUR : Voilà, tu souris.

GERTRUDE : Vous me voyez ?

LE PASTEUR : Oui.

Le pasteur laisse retomber ses mains. Gertrude garde le sourire qu'il lui a dessiné. Elle avance la main et touche la glace. Elle caresse la place où il la voit.

GERTRUDE : Je suis là... Est-ce que j'ai l'air heureuse maintenant ?

Elle se retourne et dit, en reprenant son impassibilité.

GERTRUDE : Pasteur... Je voudrais savoir... Est-ce que je suis jolie ?

Le pasteur reste un instant interloqué puis il dit avec une voix un peu altérée :

LE PASTEUR : Un pasteur n'a pas à s'inquiéter de la beauté des visages.

Il fait un pas vers le fond.

GERTRUDE : Pourquoi ?

Le pasteur se retourne et dit en s'asseyant à la place où était Gertrude :

LE PASTEUR : Parce que la beauté des âmes lui suffit.

Gertrude vient vers le pasteur et s'assied à ses pieds sur le tapis.

GERTRUDE : Vous préférez me laisser croire que je suis laide ?

LE PASTEUR : Non, Gertrude.

Elle dépose le petit lapin sur le sol.

GERTRUDE : Peut-être pensez-vous que je n'ai pas besoin de savoir... C'est comme les miroirs, quand vous ne vouliez pas m'expliquer ce que c'était.

Le pasteur la regarde avec une grande passion contenue.

LE PASTEUR, *d'une voix sourde :* Gertrude, tu sais bien que tu es très jolie.

Gertrude s'appuie sur le genou du pasteur et regarde le feu.

(Un silence.)

GERTRUDE : Est-ce que les femmes jolies sont plus heureuses que les autres ?

LE PASTEUR, *un peu sévère :* Non. Pas forcément.

GERTRUDE, *un peu déçue :* Alors, à quoi ça leur sert-il d'être jolies ?

LE PASTEUR, *plus souriant :* À donner un peu plus de joie autour d'elles.

GERTRUDE : Pourquoi ?

Le pasteur caresse ses cheveux.

LE PASTEUR : Parce qu'on les aime.

Gertrude arrête la main du pasteur et la garde contre sa joue.

GERTRUDE : Alors, je suis contente d'être jolie... parce que vous m'aimerez toujours.

III. PREMIÈRES LECTURES

17. LA TRAGÉDIE AU FOYER (ANNA DE NOAILLES)

Lundi
40, rue Scheffer XVIe

Cher Monsieur et Ami,

Le soir de votre visite, j'ai lu, de onze heures à minuit, les précieuses pages que vous m'aviez laissées. Je voyais d'instant en instant mon climat changer, l'intérêt de ma lecture devenait un envahissement, la pénombre des visages éclairait mieux qu'un soleil. Enfin je me trouvai dans cette portion spirituelle du monde qu'Ibsen seul, avant vous, m'a donné de voir. Ce moment où les trente premières pages d'un récit sincère et classique, qui ne livre rien de son secret, semblent nous quitter pour nous laisser suspendus, haletants, angoissés, — bien troublés de corps et d'âme, — sur

Anna de Noailles, lettre à André Gide, lundi 20 ou 27 janvier 1919, in André Gide, *La Symphonie pastorale*, éd. citée p. 157-158.

l'énigme qui s'éclaire par en dessous et de côté, – ce moment enivre le lecteur de deux sentiments passionnés, le pressentiment du chef-d'œuvre qui se forme, et le rappel immédiat de votre génie propre, – qui est d'astreindre la conscience, le devoir et une modération naturelle, à recevoir le choc perfide des plus fortes émotions sensuelles. Ce débat, indiscernable d'abord, sinueux et solennel, qui cherche à s'accommoder, et sur qui la destinée mettra des mains sanglantes ; il se développe avec une régulière beauté, patiente, mystérieuse, mais gonflée de son torrent. En lisant ce récit, cher Monsieur, je me suis surprise à préférer vos perpétuelles transparences aux directs incendies. Quel art dans ces lumières voilées, dans cette simplicité, et cette loyauté qui veut garder confiance en elle ; chaque entretien avec Amélie, par quoi nous avançons dans le drame, est un moment de perfection. Rien ne s'élude, tout se superpose dans cette calme tragédie ; l'atmosphère de la demeure troublée, la complicité de ces hauts paysages, les relations de l'époux avec l'épouse, du père avec le fils douloureux, – et la mort même, – n'altèrent pas et ne détruisent pas tout à fait la paix fondamentale de ce foyer méditatif. Un livre qui nous laisse dans l'esprit un souvenir aussi obsédant que d'inoubliables voyages, – (et c'est bien en effet une marche courbée par l'altitude) – est une œuvre dont la valeur est grande. Je vous exprime ce sentiment avec la sincérité que vous reconnaissez en moi.

Je pense que c'est la semaine prochaine que je pourrai remettre votre manuscrit à Doumic. Vous avez raison de vouloir que les deux parties paraissent successivement. Je dirai bien ce qu'il faut. Je vous prie de croire à toute mon amitié et à ma grande admiration.

Anne de Noailles

18. QUESTIONS DE RELIGION ET DE MORALE (FRANÇOIS MAURIAC)

Vémars (Seine & Oise)
30 juillet 1920

Cher Monsieur Gide,

Vous savez de quel cœur j'ai accueilli le précieux petit livre que vous avez bien voulu m'offrir. Comme tout ce qui me vient de vous, il me donne une joie mêlée d'inquiétude. J'ai vu hier qu'un critique important [1] parle de votre ironie et prononce à votre propos le nom d'Anatole France. Il me semble que c'est la plus grande sottise qu'on puisse écrire de vous. Non, votre pasteur ne prête pas à rire. Il me fait penser à cette forme religieuse de l'hypocrisie qui rendait haïssable à Stendhal, tout le XVIIe siècle (et Racine même). Mais n'y a-t-il pas dans ses ruses pour se tromper lui-même, et dans cet abus qu'il fait des interprétations personnelles de l'Écriture un vice particulier de la Réforme ? Il vous a plu de ne point insister sur la conversion de Jacques. Vous osez clore le récit à l'instant où nous nous flattions de recevoir de vous, votre secret. Ce je ne sais quoi d'achevé, de parfait et cependant d'incertain nous l'avons aimé, mon cher maître dans chacune de vos œuvres et cette joie déçue a plus de prix pour nous que les affirmations des autres... D'ailleurs, avec mon éducation catholique, je tire tout de même une morale de votre symphonie. Il faut se garder de livrer à nos passions l'usage des paroles du Christ : votre pasteur me rappelle ces amoureuses qui se rassurent avec ce que notre Seigneur dit de Marie-Madeleine. Ensuite nos bons élans, nos mouvements de charité sont aussi mis à profit

François Mauriac, lettre à André Gide, *in Correspondance André Gide – François Mauriac, (1912-1951),* Gallimard, 1971, p.63-64 *Cahiers André Gide 2.*

1. Paul Souday.

par la chair et le sang. – Nul de nous, s'il veut être parfait, ne saurait donc se passer de M. Singlin [2]. Me pardonnerez-vous, cher Monsieur Gide, d'oser, à propos d'un récit délicieux, soulever des questions de casuiste, et de ne pas m'abandonner à l'enchantement de cette découverte du monde et de soi-même que fait votre enfant aveugle ? Veuillez ici, je vous prie, trouver l'expression de ma gratitude et de ma respectueuse sympathie.

Fran. Mauriac

Comment votre pasteur qui connaît si bien l'Évangile, écrit-il qu'il n'y est nulle part question de couleur : « Le Soir, vous dites : il fera beau, car le ciel est *rouge.* Et le matin : il y aura aujourd'hui de l'orage car le ciel est d'*un rouge sombre...* » (Matth. 16-2 et 3.)
« ... ils jetèrent sur lui un manteau d'*écarlate* » (Matth. 27.)
Je crois que l'on trouverait d'autres textes.

19. "HISTORIETTE ÉDIFIANTE" (HENRI DE RÉGNIER)

[...] manque à peu près complet d'intérêt du petit roman qu'il nous donne aujourd'hui sous le titre de la *Symphonie pastorale*. Cette historiette édifiante qui nous conte l'idylle d'un pasteur suisse et d'une jeune mendiante aveugle, à part quelques pages agréables, n'ajoute rien à la notoriété littéraire de M. André Gide, mais n'enlèvera rien non plus à la haute estime où est tenu cet excellent écrivain que nous retrouverons quelque jour en des circonstances plus propices à lui témoigner notre sympathie critique.

Henri de Régnier, « La vie littéraire », *Le Figaro*, 22 août 1920.

2. Antoine Singlin (1607-1664), ecclésiastique janséniste. Directeur de Pascal.

20. DISTANCES DE L'AVANT-GARDE
(LOUIS ARAGON)

ANDRÉ GIDE : *La Symphonie pastorale.*

L'auteur de ce livre, comme je lui avais mandé sans plus n'en pas aimer le second cahier, me répondit :
« Votre phrase sur la Sym. Past. m'étonne. *Vous n'aimez pas la seconde partie...* Serait-ce que vous aimiez la première ?... J'espère bien que non ! Ça ne serait pas la peine d'avoir écrit les *Caves...* »

Louis Aragon in *Littérature,* nº 16, septembre-octobre 1920, p. 37.

21. LA BRIÈVETÉ (ALBERT THIBAUDET)

Un bonheur comme celui de Gertrude. Gertrude est la fille spirituelle du pasteur, et cette pureté spirituelle abolit toutes les barrières qui partagent le champ du cœur dans l'espace de la paternité à l'amour. Quand le pasteur l'a recueillie, à l'âge de quinze ans, ce n'était que de la chair sans âme, une misérable couverte de vermine et qui, de n'avoir vécu qu'avec une vieille femme sourde, était restée muette. Par une éducation patiente il l'éveille à la parole et à l'esprit. Et, ici comme ailleurs, nous sommes un peu gênés par la condensation et la brièveté du récit : un beau défaut, et que tant de livres diffus et sans discipline nous rendent cher, mais un défaut tout de même. Il semble que ce récit et ces personnages ne soient pas tout à fait accordés au rythme de la durée humaine. Ainsi ces projections cinématographiques qui nous font suivre la marche accélérée d'une rose qui s'ouvre, d'une chrysalide qui devient papillon ; c'est très intéressant, mais nous restons un peu gênés devant cet ingénieux artifice parce qu'il nous montre la vie sous un aspect contraire à la vie, une vie sans durée ou du moins sans la durée qui est propre à la vie, une vie où cette durée vraie est remplacée par un ordre de rapports

Albert Thibaudet, *Réflexions sur le roman*, Gallimard, 1938, p. 127-128. Première publication : *La Nouvelle Revue française*, 1er octobre 1920.

qui l'imite sans la remplacer. Nous vivons, comme aime à le rappeler M. Bergson, dans un monde où nous devons attendre qu'un morceau de sucre fonde. La fiction qui nous soustrait à cette attente nous soustrait aux lois de notre monde, aux lois de la vie. Les grands romans anglais, ceux de Thackeray, de Dickens, d'Eliot nous conservent merveilleusement ce sens de la durée. Le roman français plus abstrait, plus nerveux, plus pressé, y réussit peut-être un peu moins, ou bien tourne adroitement autour de la difficulté. Cette difficulté, dans le sujet de *La Symphonie pastorale,* était peut-être insurmontable : on peut exprimer en quelques pages, par des points de repère bien choisis, toute la durée d'un enfant qui devient homme, et cela parce que sa durée est la nôtre propre, celle que nous-mêmes avons vécue ; il n'en est pas de même de la durée d'une idiote, muette et aveugle, qui en quelques années devient une belle créature, sensible, intelligente, éloquente, et les points de repère les mieux choisis paraissent ici artificiels parce que notre expérience ne nous fournit rien qui puisse les réunir. De sorte que le franc parti de schématisme et de concision qu'à pris André Gide était peut-être après tout le bon parti.

22. TROUBLE TRANSPARENCE ET CRÉATION D'ATMOSPHÈRE (CHARLES DU BOS)

La transparence est telle cette fois qu'il semble qu'elle ne se borne plus à l'expression, mais bien, si contradictoire que cela puisse paraître, qu'elle ait communiqué au trouble lui-même quelque chose de sa propre limpidité. C'est que Gide dispose définitivement de l'instrument qui lui convient : la justesse avec laquelle il en joue s'accompagne d'une entière liberté, et il lui suffit aujourd'hui de l'indication la plus légère pour que

Charles Du Bos, *Approximations*, Plon, 1922, pp. 47 et 53-54. Texte de janvier 1921.

nous répondions à son appel, et que notre âme rende le son que d'elle il sollicite. Mais c'est dans la qualité de chacune de ces indications que se décèle tout l'efficace de la discrétion en art, lorsqu'au lieu de naître de la seule politesse de l'usage, elle correspond au tressaillement d'une sensibilité particulière.

[...] On songe à Le Nain tel qu'on le voit maintenant au Louvre, – à ces tableaux où le décor garde toujours un parfum domestique et privé, où le drame se joue entièrement au dedans, derrière l'immobilité, la fixité passionnée des visages.

Un art de cet ordre excelle tout naturellement dans les préparations, mais il ne faut pas entendre le mot dans la seule acception dramatique : la préparation des événements. La préparation des événements eux-mêmes, et celle pour ainsi dire de l'atmosphère dans laquelle ils se produisent, sont toujours intimement associées : l'une ne saurait suffire sans l'autre. Dans *La Symphonie pastorale* – qui offre à cet égard quelque analogie avec les œuvres les mieux venues d'Ibsen – le rôle de l'artiste consiste à créer peu à peu une atmosphère, à rendre le lieu où se passe l'action un lieu habité, – dans le sens où l'on applique cette épithète aux pièces qui donnent l'impression que l'on s'y tient, qu'on y vit sans cesse. En un livre de cette nature, le problème que pose à l'artiste la création d'une atmosphère est un problème en quelque sorte double : il importe d'une part que l'atmosphère ne s'épaississe jamais au point d'étouffer les voix qui y résonnent, – mais il n'importe pas moins de l'autre qu'elle se soit partout insinuée, que rien ne demeure soustrait à la pénétrante douceur de sa persuasion, afin que chaque parole qui y retentit puisse y retentir sans jamais détonner, n'être ni en deçà ni au delà, mais l'instant venu entrer – ainsi qu'on le dit d'un instrument de musique – avec toute sa lumineuse justesse.

23. RÉACTIONS SUISSES (BLAISE ALLAN)

Quand parut *L'Immoraliste*, les Neuchâtelois furent ravis de trouver dans ce livre une subtile évocation de leur lac, que Michel contemple du chevet de Marceline, arrêtée à Neuchâtel par la maladie. *Si le grain ne meurt* et les *Feuillets* qui précèdent le *Journal* frappèrent les Neuchâtelois parce qu'on y parlait de leur pays ; on en disait aussi du mal, mais on en parlait. Ce fut *La Symphonie pastorale* qui provoqua une tempête. Les Neuchâtelois prirent un vif plaisir dans les détails rigoureusement exacts du livre, les lis et les pommiers, insolites à La Brévine, mais qui, pourtant, s'y rencontrent à de rares exemplaires, les noms propres bien choisis, la description des paysages, qu'à l'exemple encore de Jean-Jacques Rousseau, le souvenir de Gide avait transformés en visions paradisiaques de pâturages fleuris devant les Alpes étincelantes. Ils furent aussi très touchés par le concert à Neuchâtel, où la culture de leur ville était reconnue, en même temps que sa poésie. Mais les Neuchâtelois, qui refusent de confesser leur romantisme, trouvèrent l'histoire bien romantique ; elle est peu croyable, en effet, à l'époque de Karl Barth, où l'on a oublié le libéralisme qui régna longtemps dans l'église neuchâteloise. On avait beau leur dire que les événements racontés par *La Symphonie pastorale* s'étaient, de fait, passés en France, les Neuchâtelois persistèrent à mettre des noms sur les héros de Gide. Dans ce pays où tout le monde suit la production littéraire avec une attention qui devait surprendre l'auteur de *La Symphonie pastorale*, on inventa plusieurs romans autour du récit. Le malheureux pasteur qui avait repoussé le jeune homme de 1894, et depuis changé de paroisse, fut assailli de soupçons, voire d'accusations, par ses nouvelles ouailles,

Blaise Allan, « André Gide et Neuchâtel », *La Nouvelle Revue française*, « Hommage à André Gide », novembre 1951, p. 51-52 (D.R.).

totalement ignorantes des événements, mais bonnes clientes de libraires.

Le pouvoir de la littérature ne s'arrêta pas là ; peu de temps après la publication de *La Symphonie pastorale,* dans un village voisin de La Brévine, le fils du pasteur parvint à entrer en conflit avec son père, selon des voies inspirées du livre de Gide, et finit par se convertir au catholicisme, ce qui fit grand scandale et souleva des jugements sévères.

24. UN PLAGIAIRE ENTRE PASTICHE ET PARODIE (GEORGES-ARMAND MASSON)

"La Symphonie pastorale", Troisième et dernier cahier, par André GIDE

Le manuscrit du dernier roman de M. André Gide, *La Symphonie pastorale,* se composait de trois cahiers, le troisième beaucoup plus court que les deux premiers et formant à l'ouvrage une sorte de conclusion ou d'épilogue. Ce sont ces pages, supprimées par la censure de Genève, que nous nous permettons de restituer ici.

Georges-Armand Masson, *Georges-Armand Masson ou le parfait plagiaire,* Éd. du Siècle, 1924, p. 45-46 (D.R.).

12 octobre 189...

Pendant les trois mois qui suivirent la mort de Gertrude, je demeurai plongé dans une si profonde hébétude, que l'on craignit pour ma raison, et que ma femme dut faire venir à plusieurs reprises le docteur Martins. J'avais complètement perdu l'appétit et les forces, j'étais oppressé pendant la nuit, j'avais des cauchemars, des insomnies, je maigrissais à vue d'œil, et j'étais arrivé à un degré d'anémie extraordinaire. J'avais essayé de tout sans résultat. Martins me fit prendre des pilules Pink. Dès les deux premières boîtes, j'éprouvai un mieux sensible. Néanmoins, je ne parvenais point à reprendre goût à la vie, et les choses de ce monde étaient pour moi comme des aliments sans sel. Je relisais ces deux cahiers où j'avais consigné au jour le jour mes notes sur les progrès de ma jeune élève, puis, hélas ! sur ceux de ma passion ; mais je ne retrouvais dans ce récit qu'une image terne et grise de la réalité, qu'un style pauvre et privé de sang, et je ne sais comment il se faisait que je ne cessais de bâiller.

— Digestion défectueuse, m'expliqua Martins. Le dyspeptique voit tout en noir parce que son estomac ne fonctionne pas, et lorsque cet organe est détraqué, le reste du corps humain n'est pas loin de se détraquer aussi. Car il est dit dans l'épître aux Corinthiens (XII, 26) « que si l'un des membres souffre, tous les autres souffrent avec lui ». Enfoncez-vous bien dans la tête, que seules les poudres de Cock peuvent vous débarrasser de toutes ces misères qui empoisonnent votre existence.

Il faut dire qu'Amélie ne s'employait guère à faciliter mon rétablissement... La mort de ma pauvre élève n'avait pas apaisé sa rancune ; elle ne me pardonnait pas de l'avoir trompée, et son caractère s'aigrissait de plus en plus. Elle devenait acariâtre et criarde [...]

IV. HISTOIRE LITTÉRAIRE ET CRITIQUE DE TEXTE

25. TROIS AVATARS DE LA *PASTORALE* (PONGE, GRACQ)

Par le titre de *La Symphonie pastorale* que développent encore ceux des cinq mouvements, Beethoven favorise des prolongements littéraires. Une quinzaine d'années après Gide, le poète Francis Ponge semble ironiser sur le thème de l'abandon affectif à la nature ; le rejet final de « comme le

bruit du cœur dans le lointain » n'est pas sans rappeler la distorsion qu'institue le journal du Pasteur. Quant à l'auteur d'*Au château d'Argol,* il renvoie à Beethoven « commentateur des symphonies » et à la « Scène au bord du ruisseau » mais, dans l'Avis au lecteur, il présente son récit comme la *version démoniaque* possible du *Parsifal* de Wagner.

SYMPHONIE PASTORALE

Aux deux tiers de la hauteur du volet gauche de la fenêtre, un nid de chants d'oiseaux, une pelote de cris d'oiseaux, une pelote de pépiements, une glande gargouillante cridoisogène,

Tandis qu'un lamellibranche la barre en travers,

(Le tout enveloppé du floconnement adipeux d'un ciel nuageux)

Et que le borborygme des crapauds fait le bruit des entrailles,

Le coucou bat régulièrement comme le bruit du cœur dans le lointain.

Autre scène au bord du ruisseau

[...] Parfois un ruisseau traversait la route, reconnaissable de loin à la singulière allégresse, à la musicalité entièrement gratuite du murmure de ses eaux transparentes, alors Albert, avec une grâce fraternelle, déchaussait les pieds fatigués de Heide, et s'improvisait une scène comparable, par son excessif retentissement sur l'âme abandonnée à ces lieux perdus, à celle que le commentateur des symphonies a désignée du titre entièrement étrange – parce qu'il suggère et veut suggérer que certains rapports humains perdus dans une animalité pure et fluente comme la pensée sont complètement réductibles à un élément pour la première fois envisagé de l'*intérieur* – de « scène au bord du ruisseau ».

Francis Ponge, *Le Grand Recueil,* 3, *Pièces,* Gallimard, 1961. Texte de 1937.

Julien Gracq, *Au Château d'Argol,* « L'allée », (in *Œuvres Complètes, I,*) Gallimard, Bibliothèque de la Pléiade, 1989, p. 74-75. Texte de 1938. © Librairie José Corti.

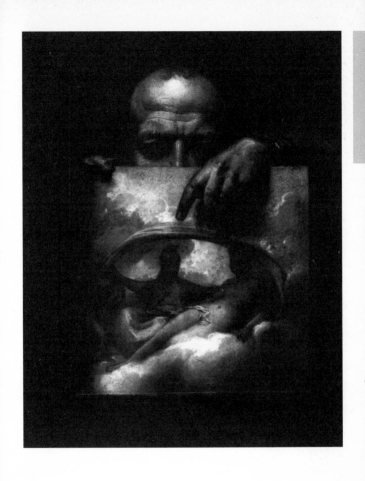

« Faverjon : *Autoportrait en trompe-l'œil.* Musée du Louvre, Paris. Ph. © R.M.N.

Nouvelle scène au bord du ruisseau

J'avais porté Vanessa au bord du ruisseau, qui laissait entre lui et la roche l'espace d'une étroite banquette où poussait une herbe profonde et noire ; la main posée sur un de ses seins, je la sentais auprès de moi paisible et toute rassemblée dans une obscure croissance de forces ; ce sein doucement soulevé sur cette profonde odeur de terre m'apportait comme la nouvelle fortifiante de ce *bon sommeil* qui est le présage des profondes guérisons ; alors l'excès de ma tendresse pour elle se réveillait : mes baisers emportés pleuvaient de toutes parts sur ce corps défait, comme une grêle ; je mordais ses cheveux mêlés à l'herbe à même le sol. Vanessa s'éveillait à demi, et, les yeux fermés dans l'excès de sa lassitude, souriait seulement de sa bouche entrouverte ; sa main tâtonnait vers moi, et à peine m'avait-elle trouvé qu'engourdie de certitude confiante, avec un soupir d'aise, elle sombrait de nouveau dans le sommeil.

Julien Gracq, *Le Rivage des Syrtes* « L'île de Vezzano » *in Œuvres Complètes, I,* Gallimard, Bibliothèque de la Pléiade, p. 683. Texte de 1951. © Librairie José Corti.

26. *LA SYMPHONIE PASTORALE* PAR RAPPORT AUX PRÉCÉDENTS "RÉCITS" (GERMAINE BRÉE)

Germaine Brée ne montre pas beaucoup d'estime pour *La Symphonie pastorale*. À la fin de l'extrait, en parlant de « niveau où ce récit est un immense jeu de mots », elle suggère malgré elle la modernité du texte.

Gide bâtit son histoire au moyen du « récit » dont il varie quelque peu la forme, sans rien ajouter à sa structure profonde. Il s'en sert en virtuose et non en créateur. Il utilise en le simplifiant, le schéma esquissé, mais surchargé, des *Cahiers d'André Walter*. Le récit comporte deux cahiers. Le « Premier cahier », rédigé par le pasteur entre le 26 février 1891... et le 12 mars pourrait bien s'intituler le « Cahier blanc ». Le pasteur y relate

Germaine Brée, *André Gide L'insaisissable Protée,* © les Belles Lettres, Paris, 1953, p. 245-247.

les incidents, remontant à deux ans et six mois en arrière, qui expliquent la situation présente de l'aveugle, Gertrude, dans son foyer. Le « Deuxième cahier », semblable au « Cahier noir » de Walter, reprend le récit le 25 avril ; mais il ne s'agit plus du passé. En un mois rapide du 25 avril au 30 mai, le présent bouscule l'échafaudage soigneux du récit pastoral ; les événements se pressent, débordent le pasteur, l'entraînent dans la tragédie et se retirent, le laissant dans un dénuement semblable à celui de Michel ou d'Alissa. Au début du Deuxième cahier, il y a un bref palier dans le récit qui permet à Gide, à travers une conversation entre le pasteur et son fils, de formuler le double thème chrétien : l'évangile de l'amour s'opposant à celui de la loi. La structure de ce récit ne fait donc que transmettre concrètement la même idée que les récits précédents : la vie échappe aux intentions morales les moins suspectes comme aux représentations rétrospectives les plus honnêtes en apparence, que nous nous en faisons.

Le pasteur est victime comme Michel, comme Alissa, d'une « illusion pathétique » ; cependant, dans les deux récits précédents c'est l'évolution du personnage central qu'éclaire Gide ; ses relations avec les autres, laissées dans l'ombre, s'esquissent à peine. *La Symphonie pastorale,* tout en suivant la marche aveugle du pasteur, éclaire également, quoique indirectement, son effet sur les gens les plus proches de lui : sa femme, Gertrude, son fils. Plus qu'une évolution, ce récit tend à cerner une crise, crise symbolisée par le passage de l'obscurité à la lumière : l'opération qui ouvre les yeux de Gertrude déclenche cette crise pour elle et pour le pasteur : c'est ce qui explique aussi le passage du passé au présent dans le récit du pasteur, et la rapidité des événements. Si le pasteur se met, au mois de

mars, à essayer, comme Michel avant lui, de
« relater » les événements du passé c'est par
besoin de justification et de lucidité. Un malaise
l'y pousse. Bien qu'il ait ses racines dans ce passé
qu'il évoque, le drame éclate avec le printemps,
se termine avec lui, s'opposant ainsi ironiquement
au thème joyeux de *La Symphonie pastorale*. Gide
joue un peu facilement sur mots et thèmes. Il
est un niveau où ce récit est un immense jeu
de mots.

27. CÉCITÉ ET AVEUGLEMENT, DE *PALUDES* À *THÉSÉE* (ROGER BASTIDE)

De même qu'il y a deux espèces de faux aveugles,
il y a deux espèces de vrais aveugles. Il y a la
petite abandonnée de *La Symphonie pastorale,* qui
ne connaît que sa musique intérieure, et que la
vision du péché n'a pas ternie dans sa pureté
enfantine. C'est la fille de l'instinct, celle qui
s'abandonne aux élans de son cœur, celle qui voit
le monde non tel qu'il est aujourd'hui, mais tel
qu'il était au premier jour de la création, dans
sa beauté édénique. Et il y a Tirésias, qui, parce
qu'il n'est pas empêché par le monde extérieur,
lit dans les profondeurs du Destin et des âmes
(ce qui est la même chose, car le Destin n'est
que la révélation de l'âme au fur et à mesure
de son développement) : c'est celui qui discerne
déjà la putréfaction dans le fruit sucré et
somptueux, la mort dans des muscles lisses et
pleins de vie, la défaite dans le chant de triomphe
de l'Empereur satisfait. L'aveugle certes voit
toujours ce que les clairvoyants ne savent voir,
mais ce peut être tantôt le monde de la pureté
absolue et tantôt celui des tumeurs cachées du
péché.

Bien que Gide se plaise peu aux jeux
romantiques de l'antithèse, leur préférant les

Roger Bastide, *Anatomie d'André Gide,* Presses Universitaires de France, 1972, Chap. II, « L'œil crevé », p. 41-42. (Première version, *Cahiers du Sud,* n° 328, 1955.)

plaisirs plus nuancés de l'alternance, il aime souvent camper dans un même livre, face à face, les vrais et les faux aveugles : Gertrude et le pasteur dans *La Symphonie pastorale,* Gertrude qui sait discerner l'insensible et le pasteur qui confond la pitié et l'amour, la charité et le désir. Ou encore Œdipe et Tirésias, Œdipe enveloppé dans le drame, traqué par les dieux, fuyant l'odeur des pestiférés dans les jardins de son palais, traînant la malédiction après lui, et qui se croit heureux, parce qu'il a des yeux et qu'il ne voit point ; son bonheur n'est fait que de son ignorance ; et à côté de lui, l'interpellant, Tirésias, les prunelles vides, deux affreux trous privés de regard, mais qui voit ce que nul ne voit, qui sait la volonté des dieux et le péché des hommes.

En face de ces aveugles, vrais ou faux, quelle est l'attitude de Gide ? Gide est celui qui veut ouvrir les yeux, qui veut redonner la vue c'est-à-dire la lucidité.

C'est une attitude qui a son pendant symbolique dans l'ouverture des maisons fermées. La maison est toujours une cellule qui nous empêche de voir le vaste dehors ; c'est le faux aveugle, faux parce qu'il y a un semblant de fenêtre, mais les vitres empêchent le monde d'entrer entre les quatre murs ; il y a bien un semblant de porte, mais elle donne sur la porte du jardin, et celle-ci sur les portes de la ville et on ne s'en sort jamais. Gide est en même temps et pour des raisons analogues celui qui ouvre les yeux et celui qui ouvre les portes. Tout *Paludes* est une lutte contre la fenêtre et le Nathanaël des *Nourritures* va chercher les enfants aveuglés par la lampe familiale pour les jeter sur des routes inconnues. L'enfant prodigue enfin conduit son jeune frère aux marches du perron.

28. "PSYCHOLOGIE" et "NOUVEAU ROMAN"
(CLAUDE MARTIN)

[...] La suite de ces récits, de ces « monographies » comme il disait lui-même, ne fait pas qu'ajouter à la galerie traditionnelle quelques types psychologiques inédits : depuis les *Cahiers d'André Walter,* dont *La Porte étroite* reprend le thème, jusqu'à la trilogie de *L'École des femmes,* on discerne une unité, ou plutôt la direction d'une *recherche* continue, sans cesse approfondie. Banalement, on dira que c'est le problème de la *sincérité,* bien sûr, qui est au cœur de cette recherche ; et il est bien vrai que lorsqu'il nous peint l'échec de Walter, d'Alissa ou du Pasteur, Gide pourfend toujours le même ennemi, c'est-à-dire l'homme insincère, le « faux-monnayeur », cet « esprit faux » qu'il a magistralement saisi dans une page célèbre du *Journal des Faux-Monnayeurs* – mais il faudrait aussi montrer que cette lutte contre l'esprit faux, Gide l'a menée avec une sévérité et surtout une *lucidité* croissantes : le faux immoralisme du Pasteur de la *Symphonie,* qu'il abandonne « le cœur plus aride que le désert », est dénoncé plus cruellement que ne l'avait été Alissa, moins lucide mais aussi dupe ; et Gide n'aura plus aucune pitié pour les « faux-monnayeurs » de son grand roman ni pour le Robert de *L'École des femmes.* Mais (et voici le plus important) qu'y a-t-il au bout de cette recherche ? après tant de faux-monnayeurs, on s'attend à trouver enfin un héros positif, réalisant la plénitude de la sincérité gidienne... On trouve Édouard, on trouve Éveline : deux personnages qui incarnent bien moins la victoire sur l'esprit faux que le constat de la sincérité impossible, la vanité de l'analyse psychologique. Il y a, dans le plaidoyer *pro domo* que Gide fait écrire à Robert, des pages terriblement convaincantes

Claude Martin, « Gide et le "Nouveau Roman" », *Entretiens sur André Gide,* sous la dir. de M. Arland et J. Mouton, Paris – La Haye, Mouton 1967, p. 225-226.

sur la critique de la notion de sincérité, des pages qu'on croirait de M. Henri Massis... Et c'est Édouard, le romancier, qui écrit dans son *Journal* que « l'analyse psychologique a perdu pour [lui] tout intérêt » du jour où il s'est aperçu qu'elle fausse, adultère, rend « inauthentique » tout ce qu'elle touche. Gide n'a été, au total, un « romancier psychologique » que pour déconsidérer radicalement la psychologie.

Qui ne voit donc que c'était ainsi ouvrir la route à ceux qui prétendaient trouver l'homme dans un monde lavé de ratiocinations mystiques ou mythiques ? Nathalie Sarraute traquant les *tropismes,* se mouvant dans le monde visqueux de ce qui n'est ni étiquetable ni analysable, n'est-ce pas l'étape clairement préparée par la critique gidienne ? Ceux qu'on a appelés dans le monde de la romancière les « oppresseurs » ne sont-ils pas les faux-monnayeurs dénoncés par Gide, c'est-à-dire non seulement ceux qui sont installés dans la mauvaise foi, dans l'inauthenticité, mais aussi les docteurs psychologues qui croient à l'analyse et à la sincérité possible ? Et ici encore, je trouve significatif qu'une génération ait pu voir dans le gidisme ce « psychologisme » que Massis lui imputait à crime, tandis que la nôtre y peut trouver la très moderne condamnation de la psychologie...

29. DU "CARNET VERT" À *LA SYMPHONIE PASTORALE* (E.U. BERTALOT)

E.U. Bertalot commence par paraphraser le verset VII, 9 de l'Épître aux Romains : « Pour moi, étant autrefois sans loi, je vivais ; mais quand le commandement vint, le péché reprit vie, et moi je mourus. » Ensuite apparaît l'autre formule de l'Évangile qui joue un rôle capital au dénouement du récit. – Le « Carnet vert » sera publié en 1922 sous le titre *Numquid et tu... ?*

On pourrait paraphraser ainsi ce verset : « Pour moi, étant autrefois sans loi, je vivais » c'est-à-dire : dans mon ignorance, je croyais que je vivais, je me sentais homme complet. « Mais quand le commandement vint, le péché reprit vie, et moi je mourus » ou : quand j'ai connu les Commandements, je me suis rendu compte de l'état de péché de l'homme naturel, « je me suis senti condamné à la perdition ». De ce passage, Gide infère, assez arbitrairement, *un état d'innocence précédant la loi* et s'exalte à sa découverte : *Oh ! parvenir à cet état de seconde innocence, à ce ravissement pur et riant* (*N*, 589). Mais c'est loin d'être la pensée de saint Paul qui dit, dans la lettre même que *par Adam* le péché et la mort sont entrés dans le monde [1]. Or, cette notion d'un état d'innocence précédant la loi, Gide va l'utiliser dans son prochain roman, *La Symphonie pastorale,* en imaginant que le pasteur se fonde sur ce texte pour ne point parler de péché à la jeune Gertrude.

Une autre de ces « trouvailles exégétiques » et tout autant arbitraire, va passer de *Numquid et tu... ?* dans *La Symphonie pastorale.* Elle provient des Évangiles, lorsque Jésus dit aux Pharisiens : « *Si vous étiez aveugles, vous n'auriez pas de péché. Mais maintenant vous dites : Nous voyons. C'est pour cela que votre péché subsiste* » (Jn, IX, 41). Les Pharisiens cherchaient à persuader la foule que Jésus n'avait pas accompli le miracle de rendre la vue à l'aveugle ; ces paroles signifient probablement ceci : « Si nous n'aviez aucune connaissance de la volonté de Dieu – *cécité spirituelle* – vous seriez excusables – *sans péché*. Mais puisque vous dites *nous voyons* – *vous prétendez être les guides spirituels de la nation* – et pourtant vous ne savez pas distinguer l'œuvre

Enrico Umberto Bertalot, *André Gide et l'attente de Dieu*. Paris, Lettres Modernes, 1967. "Bibliothèque des Lettres modernes" 9. p. 143-144.

1. Romains, V, 12.

de Dieu en moi, votre péché subsiste, *votre attitude à mon égard est un acte d'insubordination à Dieu.* »

Et il se peut que l'écrivain, en chargeant le pasteur de la *Symphonie* de la notion que la jeune fille Gertrude était sans péché, parce que aveugle, l'ait fait à dessein, sans se tromper sur le vrai sens du texte, puisqu'il écrivit au R.P. Poucel que la *Symphonie* « *contenait la critique de la libre interprétation des Écritures* ».

30. GIDE ET DIDEROT (CLAUDE MARTIN)

Sans doute connaissait-il la *Lettre sur les Aveugles à l'usage de ceux qui voient ;* du moins, s'il ne cite jamais, dans toute son œuvre, l'opuscule de Diderot, évoque-t-il, et dans la *Symphonie* même par la bouche du docteur Martins (p. 26), Condillac qui trois ans avant Diderot avait répondu à la fameuse question de Molyneux ; et Thibaudet — qui s'étonnait qu'à de très rares exceptions près la littérature n'eût jamais touché à « *ce sujet profond et riche* » que fournit l'observation des aveugles-nés auxquels une opération donne, à l'âge adulte, l'usage de la vue [1] — soulignait

André Gide, *La Symphonie pastorale,* édition établie et présentée par Claude Martin. Paris, Lettres modernes, 1970. "Paralogue" 4. Introduction p. L-LI.

1. Dans son article de la *N.R.F.,* Thibaudet citait le roman de Lucien Descaves, *Les Emmurés* (1905) ; on songe aussi à la pièce en un acte de Georges Clemenceau, *Le Voile du Bonheur* (représentée le 4 nov. 1901 au Théâtre Firmin Gémier et publiée la même année chez Fasquelle ; réimpr. en 1919 aux Éd. de la Sirène), où l'on voit le mandarin Tchang-I, aveugle, jouir d'un bonheur profond et sans mélange, puis recouvrer miraculeusement la vue pour ne découvrir que laideurs, méchancetés et trahisons, et se réinfliger volontairement la cécité pour retrouver le « *voile du bonheur* » : « *Le voile, le voile ! il faut, pour le bonheur, le voile qui cache la vérité des choses.* [...] *Mon aveuglement c'était la vision du bonheur. Ta clairvoyance, c'est la monstrueuse apparition du malheur.* [...] *L'aveuglement, l'aveuglement, je veux l'aveuglement qui réalise la seule vérité heureuse.* [...] *Ah ! Ah ! bienfait suprême ! la nuit lumineuse est revenue !* [...] *La nuit, avec sa divine obscurité, me ramène ses étoiles.* » ([éd. 1901] p. 60-62).

combien Gertrude rappelle la nièce de Sophie Volland, Mélanie de Salignac, jeune aveugle-née morte à vingt-deux ans, dont Diderot raconta l'histoire en 1782 dans sa brève « Addition à la lettre sur les Aveugles ». Mais Diderot tirait surtout du problème des aveugles-nés un argument en faveur du matérialisme et du relativisme moral : le monde de l'aveugle étant un monde original, il en déduisait que nos idées, notre métaphysique, notre morale dépendent de nos sensations et sont donc relatives comme celles-ci. Et au fond, n'est-ce pas un aspect particulier de cette doctrine que met en relief la *Symphonie,* en précisant toutefois que les idées propres à l'aveugle-né sont plus *pures,* plus *sincères* que celles sur lesquelles vivent les voyants ? Ce qui intéresse Gide en Gertrude, c'est la *tabula rasa,* l'âme vierge où rien n'est encore venu contrecarrer les instincts d'amour et de joie, et sa cécité prend une valeur symbolique analogue à celle de son Œdipe qui, les yeux crevés, *« contemple à présent l'obscurité divine »* et s'écrie *« Ô Obscurité, ma lumière* [1] *! ».* Comme le Saunderson de Diderot, les aveugles de Gide sont les vrais voyants [2].

---

1. Gide, *Œdipe,* acte III (*Théâtre,* Gallimard, 1942, p. 301) et *Thésée,* XII (*Romans,* [Pléiade] p. 1451).

2. Cf. l'étude qu'a faite M. Roger Bastide du thème gidien de l'*œil crevé* (« Thèmes gidiens », *Cahiers du Sud,* nº 328, avr. 1955, p. 435-48), ainsi que le chapitre de G. Norman Laidlaw dans *Elysian Encounter : Diderot and Gide* (Syracuse [N. Y.], Syracuse Univ. Press, 1963) : « Blindness and Blindfolds », p. 97-120.

31. UN LAPSUS CHRONOLOGIQUE (HENRI MAILLET)

Étudiant systématiquement les « structures événe-mentielles et chronologiques », Henri Maillet établit un « escamotage » de dix mois dans le récit rétrospectif que constitue le Premier cahier du journal.

[...]Si les temps de narration ne présentent d'autre difficulté de lecture que l'indication d'un 27 février comme lendemain du 10 (**hier**, p. 29), – pure inadvertance de l'auteur qui, ayant dans une première rédaction daté les deux premières jour-nées du récit du Pasteur du 25 et du 27 décembre, a omis de modifier le texte après avoir modifié les dates, – le temps des événements racontés est, à la fois dans la précision et dans le vague de la chronologie proposée, d'une incertitude manifeste. Sans doute le déroulement des faits est-il d'abord d'une clarté pleinement satisfaisante : le récit du 10 février situe la prise en charge de Gertrude par le Pasteur **il y a deux ans et six mois**, c'est-à-dire le 10 août de l'année 1 ; et le jalonnement des faits consécutifs ne pose d'abord aucun problème dans la relation, chronologiquement imprécise, qu'en fait le récit du 27 février : **le lendemain** (p. 31), **les premiers jours** (p. 31), **le lendemain** d'une visite du docteur Martins (p. 38), **les premières se-maines** (p. 39). Mais les indications chronologiques concernant la suite des événements racontés ce même jour 27 février et le 28 février sont telles qu'une équivoque plane sur l'appartenance à l'année 1 ou à l'année 2 des faits localisés entre un 5 mars et un Noël. Le 27 février, en effet, le narrateur, dans la lancée des premiers soins prodigués à Gertrude, note l'apparition du premier sourire de l'enfant à la date d'un **5 mars** (p. 42) qui ne peut être que le 5 mars de l'année 1, sept ou huit mois après la découverte de la petite infirme. Puis, par la transition des premières promenades au-dehors (printemps de la même

Henri Maillet « *La Symphonie pasto-rale* » d'André Gide, Hachette Éditeur, « Lire aujourd'hui », 1975, p. 34-35.

année 1), le narrateur raconte une conversation avec Gertrude dont le récit termine le journal du 27 février (pp. 44 à 47). Le journal du 28 février s'ouvre sur l'indication d'un retour en arrière et l'aveu qu'une anticipation a été pratiquée dans le journal de la veille : **Je reviens en arrière ; car hier je m'étais laissé entraîner** (p. 48). Ce retour en arrière nous ramène aux événements d'un Noël passé (p. 49), antérieur par conséquent à la conversation printanière précédemment racontée. Nous pourrions penser d'abord au Noël de l'année 1 dont aucune mention n'a encore été faite. Mais si nous continuons à lire (pp. 49 à 51), nous nous apercevons bien vite que nous sommes en réalité engagés très avant dans l'année 2, le concert de Neuchâtel, évoqué immédiatement après (p. 51) ne pouvant se situer que là. Et nous réfléchissons d'ailleurs que la conversation avec Gertrude manifestait de tels progrès intellectuels chez l'adolescente qu'elle eût défié toute vraisemblance, située au printemps de l'année 1, quelques semaines au plus après le premier sourire du 5 mars. Le récit de cette conversation représentait donc, non pas comme nous aurions pu le croire d'abord, une anticipation sur le printemps de l'année 1, suivie d'un retour en arrière au Noël de la même année 1, mais à partir du 5 mars de l'année 1, une anticipation sur le printemps de l'année 2, avec retour en arrière au Noël de cette même année 2. Ce qui se trouve donc, de la page 43 à la page 48, mis entre parenthèses dans le journal du 27 février, « escamoté [1] » par le fait de cette anticipation, c'est le temps qui sépare le printemps de l'année 1 du Noël de l'année 2, avec retour en arrière au Noël

---

1. C'est le terme technique employé en narratologie ; « Si à une unité du temps de l'histoire ne correspond aucune unité du temps de l'écriture, on parlera d'escamotage. » (Oswald Ducrot et Tzvetan Todorov, *Dictionnaire encyclopédique des sciences du langage,* Seuil, 1972, p. 402.)

de cette même année 2. c'est-à-dire dix mois, soit près du tiers de la durée totale de l'histoire.

32. MALAISE ET PASSÉ COMPOSÉ
(MARTINE MAISANI-LÉONARD)

Le passé composé est donc chargé dans cette première partie de signifier un fait passé mais qui fait partie de l'actualité du pasteur, de sa vie quotidienne, de sa routine familiale ou religieuse, et si nous employons le mot *routine,* c'est que tous ces faits se chargent d'une valeur péjorative en regard des événements qui sont rapportés au passé simple. Quant à l'acte d'écrire, il prend place dans cette actualité, devant laquelle se découpe l'événement, mais il se révélera plus tard que la hiérarchie proposée ici était une illusion.

Martine Maisani-Léonard, *André Gide ou l'ironie de l'écriture,* Presses de l'Université de Montréal, 1976, p. 136-138.

Tel est le rôle dévolu au passé composé dans notre texte, telle devient la « norme » qui fait apparaître des emplois « anormaux », que nous décrirons d'abord dans leur contexte plus étroit, le « passage » (la phrase nous semblant un élément trop atomisé du texte pour pouvoir être significatif). Trois passages en effet font problème dans la mesure où le passé composé y prend la place du passé simple sans qu'apparemment il y ait un décalage quelconque, chronologique ou autre, entre les faits relatés.

Les emplois anormaux sont les suivants :

1. Après le récit de la découverte de Gertrude, entièrement au passé simple, et qui se termine sur : « Et ce fut tout », le pasteur reprend ainsi le récit, après une parenthèse moralisante : « L'aveugle *s'est laissé* emmener comme une masse involontaire » (p. 17).

2. Le récit de l'arrivée à la maison commence par un passage confus sur le plan des formes verbales [1] ; avant que le passé simple n'arrive à

---

1. Ce n'est pas un hasard si les faits sont ainsi qualifiés : « Il y eut un moment de grande confusion. »

Van Rysselberghe : *Alexandre Charpentier*.
Musée du Louvre, Paris.
Ph. © R.M.N. © A.D.A.G.P., 1991.

Cigoli : *Narcisse*. Musée du Louvre, Paris. Ph. © R.M.N.

s'implanter complètement, on note quatre passés composés qui le concurrencent :

« Sa première pensée, lorsqu'*elle m'a vu revenir* ce soir-là avec la petite, lui échappa dans ce cri » (p. 19).

« *J'ai commencé* par faire sortir les enfants. »

« Charlotte *a commencé* de danser quand elle *a compris* que quelque chose de... »

3. Pourquoi dans le récit de la scène à l'harmonium, alors qu'on a partout le traditionnel « dit-il » ou « dit-elle », trouve-t-on : « Non, laissez-moi, *m'a-t-elle* dit, dès les premiers tâtonnements » (p. 68).

Comment interpréter tous ces faits ?

Étant donné la signification découverte plus haut au passé composé dans le texte (= actualité routinière), on comprend qu'au moment de faire entrer l'aveugle dans sa famille (cas 2) le pasteur hésite entre deux formes verbales [1] : l'événement vient bouleverser sa vie familiale, ce n'est qu'après une page de « confusion » que le pasteur domine à nouveau son récit et parvient à rétablir la distance signifiée par le passé simple [2].

Dans ces emplois exceptionnels le passé composé devient l'indice d'un malaise du pasteur à l'égard de son récit, malaise qu'il nous faut à présent justifier dans les cas 1) et 3). La responsabilité du pasteur commence au moment

---

1. À propos de ce passage E.P. Grobe, « Estrangement as Verbal Aspect in *La Symphonie pastorale* », p. 57, écrit : « *In the affective motivation of its distribution of tenses, [...] the passage betrays the keen disappointment aroused in pastor's heart by his wife's lack of sympathy.* »

2. On peut penser qu'avec le passé simple revient la bonne conscience du pasteur ; le côté rassurant de ce tiroir a d'ailleurs été noté par R. Barthes en ces termes : « Le passé narratif fait partie d'un système de sécurité des Belles Lettres [...] il rassure, parce que grâce à lui le verbe exprime un acte clos, défini » (*Le Degré zéro de l'écriture*, p. 49).

où il emmène l'enfant, d'où le passé composé du premier ; quant à l'exemple 3), il est plus difficile à expliquer : les rapports avec Gertrude sont toujours exprimés au passé simple, est-ce donc un lapsus du pasteur, une erreur de Gide ? Lapsus révélateur en tout cas, qui traduit peut-être le désarroi du pasteur devant le refus de Gertrude et la première étape d'une prise de conscience.

La première partie est donc celle de l'obscurité de la conscience et de l'illusion du pasteur, qui consiste à isoler ses rapports avec Gertrude dans un univers artificiel et détaché du reste de sa vie. Mais son malaise le trahit, malgré son âme « si légère et joyeuse » (p. 100), malaise qui naît de l'impossibilité de se couper complètement du passé et de faire coïncider la réalité avec l'image qu'il voudrait en donner.

33. ÉCRITURE ET VOYAGE : LES DÉPLACEMENTS (PIERRE MASSON)

[...] Fréquemment, par des détails matériels ou psychologiques, Gide nous fait comprendre que nous sommes en présence d'une symétrie masquée, ou faussée, et que tel lieu doit être considéré en rapport avec tel autre, comme mis là en remplacement, pour indiquer un changement d'orientation de l'ensemble du récit. C'est ainsi, par exemple, que l'histoire de Gertrude peut se lire en fonction de quatre points de repère : les deux points extrêmes sont la nuit d'où le pasteur l'a tirée et celle où elle rentre définitivement, sortie de l'inconnu pour finalement y replonger. Les deux moyens sont les deux seuls véritables voyages qu'elle accomplisse : le premier la conduit à Neuchâtel, où le pasteur l'emmène écouter *La Symphonie pastorale* de Beethoven ; le second la mène à Lausanne, où elle retrouve la vue et découvre son amour pour Jacques. Ces deux

Pierre Masson, *André Gide, Voyage et écriture,* Lyon, Presses Universitaires de Lyon, 1983, p. 136.

voyages appartiennent respectivement au premier et au second cahier du livre, entre lesquels se situe particulièrement le voyage de Jacques dans les Hautes Alpes. Il n'est donc pas difficile alors de dire que Neuchâtel et Lausanne sont disposés symétriquement l'un par rapport à l'autre, et que, tout en jouant un rôle différent, ils ont dans le récit une égale importance ; non seulement ils correspondent au changement de compagnon pour Gertrude, mais surtout ils expriment le passage de celle-ci d'une influence morale à une autre. Selon une autre disposition, on retrouve le même type d'opposition dans *Les Faux-Monnayeurs,* où la Corse et Passavant s'opposent à Saas Fée et à Édouard ; Lausanne constitue le côté de chez Jacques, le camp catholique et répressif, par opposition au Neuchâtel rousseauiste du pasteur, et leur utilisation sert à concrétiser dans la géographie le débat moral où s'opposent le père et le fils, ainsi que le glissement sentimental qui fait passer à Gertrude de l'un à l'autre. Mais il faut insister sur le fait que le voyage ne représente pas seulement, il réalise aussi, et rien ne se serait passé de cette façon si Gertrude n'avait pas été à Lausanne, et plus encore, si Jacques, poussé par son père, n'y avait d'abord séjourné.

34. RELIGION ET SOCIÉTÉ (ALAIN GOULET)

Ce n'est pas seulement aux francs-maçons et aux juifs que la « France catholique » impute les malheurs de l'époque, mais aussi à une troisième minorité, celle des protestants, dont Gide a fait partie et à laquelle, d'une certaine manière, il ne cessa jamais d'appartenir. La communauté protestante, qui compte 580 000 membres en France au recensement de 1872, connaît aussi ses divisions pendant cette période. *La Croix* du 5 mai 1893 souligne avec un malin plaisir : « *La vieille*

Alain Goulet, *Fiction et vie sociale dans l'œuvre d'André Gide*. Paris, Lettres modernes, 1985, "Bibliothèque des Lettres Modernes" 35. p. 142-143, 145.

guerre entre orthodoxes et libéraux recommence dans le clan protestant [...]. Les orthodoxes croient encore à la divinité de Jésus-Christ, les libéraux ne croiront bientôt plus ni à Dieu ni à diable. » La Symphonie pastorale nous présente cette opposition de façon dramatique dans son « Deuxième cahier ».

À travers le « Premier cahier », le lecteur pouvait déjà prendre conscience que le pasteur-narrateur était un protestant dit « libéral » ou « rationaliste ». Depuis le synode de 1872 un fort courant libéral s'était dessiné dans l'Église réformée, qui refusait les dogmes et ramenait la religion à une morale. Selon ses partisans, la raison seule devait intervenir dans l'interprétation de l'Écriture. Mais cette confiance en la raison humaine, qui les rapprochait des libres penseurs théistes, était à la merci des passions et des aveuglements, et c'est ce qui advient à notre pasteur qui ne retient de sa religion que *« l'adoration et l'amour »*. Il s'oppose d'abord à Amélie, sa femme, à qui il reproche de ne *« voir dans le christianisme autre chose qu'une domestication des instincts »*, et selon sa manière habituelle, il raccroche son point de vue à un verset des Évangiles dont il compte faire le sujet de son prochain sermon : *« MATT. XII, 29. "N'ayez point l'esprit inquiet". »* Ainsi sa passion humaine est sanctifiée par son ministère pastoral, et l'homme s'abritant derrière l'autorité du pasteur devient un faux-monnayeur. Il est aussi symptomatique qu'il note, à propos de l'avidité de lecture de Gertrude : *« [...] Je préférais qu'elle ne lût pas beaucoup – ou du moins pas beaucoup sans moi – et principalement la Bible, ce qui peut paraître bien étrange pour un protestant. Je m'expliquerai là-dessus ; mais, avant que d'aborder une question si importante, je veux relater un petit fait [...]. »* Jamais il ne reviendra sur cette *« question si importante »,* car ce serait démasquer sa propre imposture. Il lui faudrait reconnaître que la lecture de la Bible peut être explosive, et que son interprétation n'est pas une affaire simple. Il craint en fait que Gertrude n'y découvre des exigences qu'il préfère masquer, et il désire incliner la foi nouvelle de son élève par ses propres interprétations. À la date du 12 mars, on peut constater ce qu'a produit son enseignement ; une exaltation enflammée qui a retenu essentiellement *« que le plus grand besoin de cette terre est de confiance et d'amour »*.

Cependant naît une rivalité entre le père et le fils qui n'est pas qu'amoureuse. Au pasteur, qui circonscrit sa Bible aux Évangiles et qui y cherche un aliment pour son cœur, s'oppose Jacques, attentif aux enseignements de saint Paul, l'organisateur de l'Église, que récuse son père [...].

« Je cherche à travers l'Évangile, je cherche en vain commandement, menace, défense... Tout cela n'est que de saint Paul », note encore le pasteur, et il oppose, à sa foi libérale qui tend toute à la *« joie »*, à la clarté et à *« l'amour »,* le besoin de *« tuteurs, rampes et garde-fous »* que manifeste Jacques. Ce dernier, qui veut restaurer le dogme et l'autorité de l'Église, est le type du protestant « orthodoxe », à l'incontestable « raideur doctrinale », mais qui, du moins, ne triche pas avec sa foi. Il considère l'Écriture sainte comme un tout indissociable, et au lieu de la mettre au service de ses passions, c'est lui-même qu'il met à son service. Entre le père et le fils se déroule une petite guerre théologique, qui se manifeste notamment par un échange de billets ; au pasteur, qui tente de le piéger par un verset de saint Paul : *« "Que celui qui ne mange pas ne juge pas celui qui mange, car Dieu a accueilli ce dernier" (Romains, XIV, 2.) »,* Jacques réplique par un autre verset de la même épître : *« "Ne cause point par ton aliment la perte de*

celui pour lequel Christ est mort." *(Romains, XIV, 15.* » L'antagonisme est désormais irrémédiable, et Jacques suivra jusqu'au bout sa soif de dogmes en se convertissant, rejoignant l'Église catholique, apostolique et romaine. On reconnaît la logique qui avait été celle d'André Gide au cours de sa phase dite de « tentation du catholicisme », aux alentours de *La Porte étroite.*

35. AMBIGUÏTÉ ET IRONIE (ALAIN GOULET)

Alain Goulet tient compte des structures du récit et de l'ironie pour analyser la mauvaise foi du narrateur.

Pour mieux cerner à présent la nature et l'enjeu de l'ironie, étant donné qu'elle implique une information double et un double destinataire, il nous faut demander pour qui le Pasteur écrit et pour qui Gide écrit.

Jamais le Pasteur n'explicite un destinataire : il n'écrit pas vraiment pour lui, même si, de toute évidence, son récit l'aide à voir clair dans l'enchaînement des événements et en lui-même (comme l'atteste en particulier le début du Deuxième cahier : « La nuit dernière j'ai relu tout ce que j'avais écrit ici... » etc., p. 99) ; ni pour aucun des siens. Apparemment, il n'écrit que pour un lecteur anonyme, un « on », ou mieux pour le tribunal de la postérité devant lequel il se sent le besoin de se justifier comme le Rousseau des *Confessions.* Car son discours est entièrement pris dans les mailles du discours de l'auto-justification, porteur précisément du discours de la mauvaise foi.

Prenons garde, toutefois, à la pratique de la dénégation, qui est une des clefs de l'ironie et un révélateur privilégié de la mauvaise foi. Le seul destinataire qui soit évoqué comme possible,

Alain Goulet, « L'ironie pastorale en jeu », *Bulletin de l'Association des Amis d'André Gide*, nº 78-79, avril-juillet, 1988, p. 44-46.

éventuel, est révoqué en tant que destinataire naturel, intentionnnel. Il ne pourrait le devenir que d'une façon oblique, accidentelle, dans un futur peu probable, mais qui suffit à impliquer Amélie comme Surmoi, et pour tout dire sur-lecteur. Car c'est bien entendu d'elle qu'il s'agit. S'apprêtant à l'exécuter, le Pasteur proteste de son impartialité : « [...] je l'atteste solennellement pour le cas où plus tard ces feuilles seraient lues par elle » (p. 39).

Manifestement, ce qui apparaît comme une incidente tout en prenant la forme d'un serment emphatique fait émerger un aveu implicite : Amélie est reconnue comme contre-point de vue, comme contre-lecteur, la seule de son entourage qui puisse avoir barre sur lui (nous l'avons déjà vu lorsque le Pasteur se reconnaît victime de son ironie), la seule qui ne puisse se laisser abuser par son argumentation et soit susceptible de démasquer ses sophismes et sa mauvaise foi. Elle ne peut donc être la vraie destinataire, et c'est pourquoi le Pasteur multiplie les signes qui la constituent explicitement en objet de récit ou de discours. Ainsi, transcrivant les paroles de Gertrude qui parle de « ma tante », il précise dans une parenthèse : « c'est ainsi qu'elle appelait ma femme » (p. 57). Mais en même temps, il signale explicitement que l'ironie de son texte tiendra dans l'écart de sens entre son point de vue et celui de sa femme, entre le lecteur naïf qu'il persuade et celui qui le juge du point de vue d'Amélie. Plus encore, c'est le point de vue introjecté de sa femme qui le pousse à écrire, à argumenter, et qui fait éclater sa mauvaise foi. Son plaidoyer *pro domo* est une réponse à un acte d'accusation implicite dressé par une Amélie transformée en statue du Commandeur, ou plus exactement à ses reproches d'autant plus efficaces qu'il les sait obscurément fondés. C'est pourquoi son discours est un discours schizophrénique, qui tente de se débarrasser du point de vue d'Amélie en s'affirmant serviteur de Dieu, un débat de soi contre soi, tels les fameux *Dialogues : Rousseau juge de Jean-Jacques*. Mais sa tentative est vouée à l'échec ; plus il veut convaincre, protester de sa bonne foi, plus il fait appel à des arguments apparemment irréfutables, fondés sur son sens du devoir et sa qualité de pasteur, plus il manifeste qu'il est un « salaud » et qu'il se sait coupable. Tel est le piège impitoyable de l'ironie.

III. BIBLIOGRAPHIE

I. BIBLIOGRAPHIES GIDIENNES

Brosman Savage, Catharine, *An Annotated Bibliography of Criticism on André Gide, 1973-1988,* New York et Londres, Garland Publishing Inc., 1990.

Cotnam, Jacques, *Bibliographie chronologique de l'œuvre d'André Gide (1889-1973)*, Boston, G.K. Hall & Co, 1974.

II. ÉDITION CRITIQUE

André Gide, *La Symphonie pastorale*, éd. établie et présentée par Claude Martin, Paris, Lettres modernes 1970, coll. "Paralogue" nº 4.

III. ŒUVRES COMPLÉMENTAIRES

Les Cahiers et les Poésies d'André Walter, Poésie/Gallimard.

Les Caves du Vatican, Folio.

Correspondance 1899-1926 (P. Claudel – A. Gide), Gallimard, 1948.

Correspondance avec sa mère (1880-1895), Gallimard, 1988.

Corydon, Folio.

L'École des femmes, Robert, Geneviève, Folio.

Les Faux-Monnayeurs, Folio.

L'Immoraliste, Folio.

Isabelle, Folio.

Journal 1889-1939, Gallimard, la Pléiade, 1948.

Journal 1939-1949, Souvenirs, Gallimard, la Pléiade, 1954.

Journal des Faux-Monnayeurs, Gallimard, 1927.

Notes sur Chopin, L'Arche, 1948.

Les Nourritures terrestres et *Les Nouvelles Nourritures,* Folio.

Paludes, Folio.

La Porte étroite, Folio.

Prétextes, Mercure de France.

Le Retour, Ides et Calendes, 1946.

Romans. Récits et soties. Œuvres lyriques, Gallimard, la Pléiade, 1958.

Si le grain ne meurt, Folio.

Thésée, Folio.

IV. SUR GIDE ET SON ŒUVRE

Album Gide, iconographie par Philippe Clerc, texte de Maurice Nadeau, Paris, Gallimard, la Pléiade, 1985.

Cahiers André Gide, Gallimard, 1. *Des débuts littéraires d'André Walter à* L'Immoraliste, 1969 ; 4, 5, 6 et 7. *Les Cahiers de la Petite Dame* (I 1918-1929 ; II 1929-1937 ; III 1937-1945 ; IV 1945-1951).

La Nouvelle Revue française, « Hommage à André Gide », 1869-1951, novembre 1951. Réimpression, 1990.

Bastide, Roger, *Anatomie d'André Gide*, P.U.F., 1972.

Bertalot, Enrico Umberto, *André Gide et l'attente de Dieu,* Lettres Modernes, 1967.

Blanchot, Maurice, *La Part du feu,* Gallimard, 1949, p. 216-228.

Brée, Germaine, *André Gide, l'insaisissable Protée*, Paris, Les Belles Lettres, 1953.

Delay, Jean, *La Jeunesse d'André Gide*. T.I *André Gide avant André Walter : 1869-1890,* T.II *D'André Walter à André Gide : 1890-1895,* Gallimard, 1956 et 1957.

Goulet, Alain, *Fiction et vie sociale dans l'œuvre d'André Gide*, Paris, Lettres Modernes, 1985, « Bibliothèque des Lettres modernes » 35.

Goux, Jean-Jacques, *Les Monnayeurs du langage*, Galilée, 1984.

Holdheim, W. Wolfgang, *Theory and Practice of the Novel, A Study on André Gide,* Genève, Droz, 1968.

Ireland, G.W., *André Gide. A Study of his Creative Writings,* Oxford, Clarendon Press, 1970.

Lafille, Pierre, *André Gide romancier*, Hachette, 1954.

Maisani-Léonard, Martine, *André Gide ou l'ironie de l'écriture*, Montréal, Presses de l'Université de Montréal, 1976.

Martin, Claude, *André Gide par lui-même,* Paris, Seuil, « Écrivains de toujours », 1963.

Martin, Claude, *La Maturité d'André Gide : de* Paludes *à* L'Immoraliste *(1895-1902)*, Paris, Klincksieck, « Bibliothèque du XXe siècle », 1977.

Marty, Éric, *André Gide, Qui êtes-vous ?* Avec les entretiens André Gide-Jean Amrouche, Lyon, La Manufacture, 1987.

Masson, Pierre, *André Gide : Voyage et écriture,* Lyon, P.U.L., 1983.

Moutote, Daniel, *Le* Journal *de Gide et les problèmes du Moi (1889-1925)*, Paris, P.U.F., 1968.

Raimond, Michel, *Les Critiques de notre temps et Gide*, Paris, Garnier, 1971.

Savage, Catharine H., *André Gide. L'Évolution de sa pensée religieuse,* Paris, Nizet, 1962.

Thierry, Jean-Jacques, *André Gide*, Paris, Gallimard, « Pour une bibliothèque idéale », 1962.

Yaari, Monique, *Ironie paradoxale et ironie poétique. Vers une théorie de l'ironie moderne sur les traces de Gide dans « Paludes »,* Birmingham, Alabama Summa Publications, 1988.

V. À PROPOS DE *LA SYMPHONIE PASTORALE*

Bulletin de l'Association des Amis d'André Gide
  – nº 78-79, avril-juillet 1989 : « 1918 dans l'itinéraire d'André Gide ».
  – nº 82-83, avril-juillet 1989.

Adam, Antoine, « Quelques années de la vie d'André Gide », *Revue des Sciences humaines*, juillet-septembre 1952, pp. 247-272.

Albérès, René-Marill, « André Gide, *La Symphonie pastorale* », texte présenté et annoté, Gallimard, Le Livre de poche Université, 1966.

Beethoven, Ludwig Van, *Symphonien 5 & 6 « Pastorale »*, Herbert von Karajan, Disque compact Deutsche Grammophon, 1984. Avec un commentaire de Stefan Kunze.

Blot-Labarrère, Christiane, « André Gide : *La Symphonie pastorale*. Explication de texte », *L'École des Lettres*, LXXX, 2, 1er octobre 1988, p. 13-22.

Chantavoine, Jean, *Les Symphonies de Beethoven*, Étude et analyse, Mellottée, Les chefs-d'œuvre de la musique expliqués, 1948.

Décaudin, Michel, « Sur trois récits d'André Gide », *L'Information littéraire*, mai-juin 1964, p. 130-137.

Goulet, Alain, « La figuration du procès littéraire dans l'écriture de *La Symphonie pastorale* », *André Gide* 3, *Revue des Lettres modernes,* 1972, p. 27-55.

Goulet, Alain, « L'ironie pastorale en jeu », *Bulletin de l'Association des Amis d'André Gide*, nº 78-79, avril-juillet 1988, p. 41-57.

Mahieu, Raymond, « Les inconnues gidiennes : d'Isabelle à Gertrude », *Bulletin de l'Association des Amis d'André Gide*, nº 86-87, avril-juillet 1990, p. 293-305.

Maillet, Henri, *« La Symphonie pastorale » d'André Gide*, Hachette, coll. « Lire aujourd'hui », 1975.

Pruner, Francis, « *La Symphonie pastorale* » *de Gide. De la tragédie vécue à la tragédie écrite*, Minard, Archives des Lettres modernes nº 54, 1964.

Spacagna, Antoine, « La parole et la Parole dans *La Symphonie pastorale* », *Bulletin de l'Association des Amis d'André Gide*, XV, octobre 1987.

Thibaudet, Albert, *Réflexions sur le roman*, Gallimard, 1938, « *La Symphonie pastorale* », p. 124-131.

Tolton, C.D.E., « D'André Gide à Jean Delannoy : l'optique de *La Symphonie pastorale* », *Mannheimer analytica*, 7, 1987, p. 279-301.

Wald-Lasowski, Roman, « *La Symphonie pastorale* », *Littérature*, nº 54, mai 1984, p. 100-120.

VI. RÉFÉRENCES GÉNÉRALES

La Sainte Bible, trad. sous la dir. de l'École biblique de Jérusalem, Éd. du Cerf, 1956.

Derrida, Jacques, *Mémoires d'aveugle, l'autoportrait et autres ruines,* Éd. de la Réunion des Musées nationaux, 1990.

Dällenbach, Lucien, *Le Récit spéculaire, Essai sur la mise en abyme,* Seuil, 1977.

Hamon, Philippe, « L'ironie », *Le Grand Atlas des Littératures,* Encyclopaedia Universalis, 1990.

Raimond, Michel, *La Crise du roman. Des lendemains du Naturalisme aux années vingt,* José Corti, 1968.

TABLE

DOSSIER

ŒUVRES D'ANDRÉ GIDE

Aux Éditions Gallimard

Poésie

LES CAHIERS ET LES POÉSIES D'ANDRÉ WALTER.
LES NOURRITURES TERRESTRES – LES NOUVELLES
  NOURRITURES.
AMYNTAS.

Soties

LES CAVES DU VATICAN.
LE PROMÉTHÉE MAL ENCHAÎNÉ.
PALUDES.

Récits

ISABELLE.
LA SYMPHONIE PASTORALE.
L'ÉCOLE DES FEMMES, *suivi de* ROBERT *et de* GENEVIÈVE.
THÉSÉE.

Roman

LES FAUX-MONNAYEURS.

Divers

LE VOYAGE D'URIEN.
LE RETOUR DE L'ENFANT PRODIGUE.
SI LE GRAIN NE MEURT.
VOYAGE AU CONGO.
LE RETOUR DU TCHAD.
MORCEAUX CHOISIS. `
CORYDON.
INCIDENCES.
DIVERS.

JOURNAL DES FAUX-MONNAYEURS.

RETOUR DE L'U.R.S.S.

RETOUCHES À MON RETOUR DE L'U.R.S.S.

PAGES DE JOURNAL 1929-1932.

NOUVELLES PAGES DE JOURNAL.

DÉCOUVRONS HENRI MICHAUX.

JOURNAL 1939-1942.

JOURNAL 1942-1949.

INTERVIEWS IMAGINAIRES.

AINSI SOIT-IL ou LES JEUX SONTS FAITS.

LITTÉRATURE ENGAGÉE *(Textes réunis et présentés par Yvonne Davet)*.

ŒUVRES COMPLÈTES *(15 vol.)*.

DOSTOÏEVSKI

NE JUGEZ PAS *(Souvenirs de la cour d'assises. L'affaire Redureau, la séquestrée de Poitiers)*.

Théâtre

THÉÂTRE *(Saül, le roi Candaule, Œdipe, Perséphone, Le treizième arbre)*.

LES CAVES DU VATICAN, *farce d'après la sotie du même auteur*.

LE PROCÈS, *en collaboration avec J.-L. Barrault, d'après le roman de Kafka*.

Correspondance

CORRESPONDANCE AVEC FRANCIS JAMMES (1893-1938). *(Préface et notes de Robert Mallet)*.

CORRESPONDANCE AVEC PAUL CLAUDEL (1899-1926). *(Préface et et notes de Robert Mallet)*.

CORRESPONDANCE AVEC PAUL VALÉRY (1890-1942). *(Préface et notes de Robert Mallet)*.

CORRESPONDANCE AVEC ANDRÉ SUARÈS (1908-1920). *(Préface et notes de Sidney D. Braun)*.

CORRESPONDANCE AVEC FRANÇOIS MAURIAC (1912-1950) *(Introduction et notes de Jacqueline Morton – Cahiers André Gide n° 2)*.

CORRESPONDANCE AVEC ROGER MARTIN DU GARD, I (1913-1934) et II (1935-1951). *(Introduction par Jean Delay)*.

CORRESPONDANCE AVEC HENRI GHÉON (1897-1944), I et II. *(Éditions de Jean Tipy ; introduction et notes de Anne-Marie Moulènes et Jean Tipy)*.